परिवार
के लिए
विचार नियम

हॅपी फॅमिली के सात सूत्र

सरश्री द्वारा रचित श्रेष्ठ पुस्तकें

१. इन पुस्तकों द्वारा आध्यात्मिक विकास करें

- विचार नियम – आपकी कामयाबी का रहस्य
- विश्वास नियम – सर्वोच्च शक्ति के सात नियम
- आध्यात्मिक उपनिषद्
- शिष्य उपनिषद्
- संपूर्ण भगवद्‌गीता – जीवन की अठारह युक्तियाँ
- २ महान अवतार – श्रीराम और श्रीकृष्ण
- जीवन-जन्म के उद्देश्य की तलाश – खाली होने का महासुख कैसे प्राप्त करें
- सत् चित्त आनंद – आपके 60 सवाल और 24 घंटे
- निराकार – कुल-मूल लक्ष्य

२. इन पुस्तकों द्वारा स्वमदद करें

- स्वास्थ्य के लिए विचार नियम – मनः शक्ति द्वारा तंदुरुस्ती कैसे पाएँ
- नींव नाइन्टी – नैतिक मूल्यों की संपत्ति
- वर्तमान का जादू – उज्ज्वल भविष्य का निर्माण और हर समस्या का समाधान
- नास्तिकता से मुक्ति – उलटा विश्वास सीधा कैसे करें
- इमोशन्स पर जीत – दुःखद भावनाओं से मुलाकात कैसे करें
- मन का विज्ञान – मन के बुद्ध कैसे बनें
- तनाव से मुक्ति
- रहस्य नियम – प्रेम, आनंद, ध्यान, समृद्धि और परमेश्वर प्राप्ति का मार्ग
- डर नाम की कोई चीज़ नहीं – अपने मस्तिष्क में विकास के नए रास्ते कैसे बनाएँ

३. इन पुस्तकों द्वारा हर समस्या का समाधान पाएँ

- पैसा – रास्ता है मंज़िल नहीं
- खुशी का रहस्य – सुख पाएँ, दुःख भगाएँ : ३० दिन में
- विकास नियम – आत्मविकास द्वारा संतुष्टि पाने का राज़
- समग्र लोकव्यवहार – मित्रता और रिश्ते निभाने की कला

४. इन आध्यात्मिक उपन्यासों द्वारा जीवन के गहरे सत्य जानें

- मृत्यु पर विजय – मृत्युंजय
- स्वयं का सामना – हरक्युलिस की आंतरिक खोज
- बड़ों के लिए गर्भ संस्कार – १० अवतार का जन्म आपके अंदर
- सन ऑफ बुद्धा – जागृति का सूरज
- सूखी लहरों का रहस्य

सरश्री

परिवार
के लिए
विचार नियम

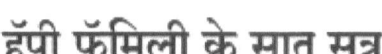

हॅपी फॅमिली के सात सूत्र

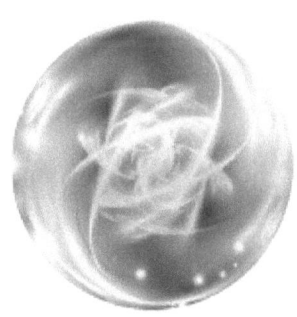

सच्चे प्यार का एक विचार भी आपके परिवार में रूपांतरण ला सकता है!

परिवार के लिए नियम
हॅपी फॅमिली के सात सूत्र

by **Sirshree** Tejparkhi

प्रथम आवृत्ति : अक्तूबर 2016
रीप्रिंट : डिसेंबर 2016, नवंबर 2019
प्रकाशक : वॉव पब्लिशिंग्ज् प्रा. लि., पुणे

ISBN: 978-81-8415-545-7

© Tejgyan Global Foundation
All Rights Reserved 2016.
Tejgyan Global Foundation is a charitable organization
with its headquarters in Pune, India.

© सर्वाधिकार सुरक्षित

वॉव पब्लिशिंग्ज् प्रा. लि. द्वारा प्रकाशित यह पुस्तक इस शर्त पर विक्रय की जा रही है कि प्रकाशक की लिखित पूर्वानुमति के बिना इसे व्यावसायिक अथवा अन्य किसी भी रूप में उपयोग नहीं किया जा सकता। इसे पुनः प्रकाशित कर बेचा या किराए पर नहीं दिया जा सकता तथा जिल्दबंद या खुले किसी भी अन्य रूप में पाठकों के मध्य इसका परिचालन नहीं किया जा सकता। ये सभी शर्तें पुस्तक के खरीददार पर भी लागू होंगी। इस संदर्भ में सभी प्रकाशनाधिकार सुरक्षित हैं। इस पुस्तक का आंशिक रूप में पुनः प्रकाशन या पुनः प्रकाशनार्थ अपने रिकॉर्ड में सुरक्षित रखने, इसे पुनः प्रस्तुत करने की प्रति अपनाने, इसका अनूदित रूप तैयार करने अथवा इलेक्ट्रॉनिक, मैकेनिकल, फोटोकॉपी और रिकॉर्डिंग आदि किसी भी पद्धति से इसका उपयोग करने हेतु समस्त प्रकाशनाधिकार रखनेवाले अधिकारी तथा पुस्तक के प्रकाशक की पूर्वानुमति लेना अनिवार्य है।

Parivar Ke Liye Vichar Niyam
Happy Family Ke Saat Sutra

यह पुस्तक समर्पित है

उन परिवारों को

जिन्होंने पूरे विश्व को अपना परिवार मानकर

अव्यक्तिगत सेवा कार्य में

अपना जीवन समर्पित किया...

विषय सूची

प्रस्तावना	विचार नियम पाकर परिवार को पारस बनाएँ	9
	पुस्तक का लाभ कैसे लें	12
खण्ड 1	परिवार के लिए 7 'विचार नियम'	15
अध्याय 1	खुशहाल छोटे परिवार का बड़ा राज़ सरल नियम	17
अध्याय 2	मधुर रिश्तों का निर्माण पहले कहाँ होता है परिवार विचार नियम – 1	23
अध्याय 3	मधुर रिश्तों के दो जीवन साथी परिवार विचार नियम – 2	30
अध्याय 4	स्वस्थ रिश्तों के लिए – 'पावर हाउस' परिवार विचार नियम – 3	36
अध्याय 5	रिश्तेदार आपके रिश्तेदार नहीं परिवार विचार नियम – 4	43
अध्याय 6	परिवार में प्रेम, आनंद, शांति की संभावनाएँ भरपूर हैं परिवार विचार नियम – 5	48
अध्याय 7	दूसरों के विचार और आपका परिवार परिवार विचार नियम – 6	54

अध्याय 8	सुखी परिवार का राज़	60
	परिवार विचार नियम – 7	

खण्ड 2	पारिवारिक समाधान के 7 उपाय	69
अध्याय 9	महाअनुवाद संवाद	71
	पहला उपाय	
अध्याय 10	आनंदित परिवार की कुंजी	79
	दूसरा उपाय	
अध्याय 11	विश्वास परिवार की गीता है	87
	तीसरा उपाय	
अध्याय 12	कृतज्ञता की पहचान	94
	चौथा उपाय	
अध्याय 13	सुनहरा विचार	99
	पाँचवाँ उपाय	
अध्याय 14	सुखी परिवार का हथियार	103
	छठवाँ उपाय	
अध्याय 15	हर परिवार का अंतिम लक्ष्य	108
	सातवाँ उपाय	

परिशिष्ट विशेष	प्रेम दर्शन	114
	असली प्रेम का स्वाद हर रिश्ते के संग	
	सरश्री – अल्प परिचय	119
	तेजज्ञान फाउण्डेशन – परिचय	120-128

विचार नियम पाकर परिवार को पारस बनाएँ

प्रस्तावना

क्या आप अपने परिवार में प्रेम, आनंद, शांति, संतुष्टि, मिठास और सुसंवाद चाहते हैं? तो एक इंसान इस काम में आपकी मदद कर सकता है और वह हैं- आप खुद! जी हाँ... आप स्वयं पारस बनकर अपने परिवार को स्वर्ग बना सकते हैं। अब 'स्वर्ग' शब्द का असली अर्थ भी समझ लें।

लोग मानते हैं कि स्वर्ग यानी कोई ऐसी जगह जहाँ केवल सुख और शांति होती है, जबकि स्वर्ग कोई जगह नहीं बल्कि एक अवस्था है। ऐसी अवस्था, जहाँ परिवार का हर सदस्य बेशर्त प्रेम, विश्वास और असीम आनंद का अनुभव कर रहा है... जहाँ वाद-विवाद का नामो-निशान तक नहीं, केवल स्वस्थ संवादमंच है... जहाँ कुदरती ज्ञान हर सदस्य के भाव, विचार, वाणी और क्रिया में उतरा है... जहाँ पूरे परिवार के सामने एक उच्चतम लक्ष्य है... इस अवस्था में परिवार मिसाल बना है, आनेवाली पीढ़ियों को सही दिशा देने के लिए! यह कोई कविकल्पना नहीं बल्कि हर परिवार की उच्चतम संभावना है। हर घर की दुःखद, अधूरी कहानी बदल सकती है, बशर्ते उस घर में विचार नियम की समझ हो।

क्या आपने कभी इन सवालों पर गौर किया है-

चाँद पर आसानी से पहुँचनेवाला इंसान क्या अपने पारिवारिक सदस्यों के दिल तक पहुँच पाता है?

किसी मिसाइल को दुनिया के आर-पार दागने में इंसान समर्थ है मगर क्या वह परिवार में होनेवाली नकारात्मकता बाहर दाग सकता है?

ई-मेल, इंटरनेट, स्मार्ट फोन, डिजीटल ॲप्लिकेशन्स आदि के सहारे इंसान विश्व के किसी भी कोने से जुड़ रहा है मगर क्या वह अपनों से जुड़ रहा है?

किसी दार्शनिक से पूछा ग़या- 'अगर आपको यह जीवन दोबारा जीने का मौका दिया जाए तो आप क्या करेंगे?' दार्शनिक ने जवाब दिया- **'मैं वह इंसान बनना चाहूँगा, जो अपने परिवार के साथ बहुत खुश रह सकता था।'**

अधिकांश परिवारों में आज तनाव, दुःख, लाचारी, परेशानी आदि का दर्शन होता है क्योंकि वे कुदरती ज्ञान से अनजान हैं... ऐसा ज्ञान, जो आपके परिवार में सभी सकारात्मक पहलुओं का आविष्कार करने की क्षमता रखता है... जिसे जानकर, अमल में लाने से आपका परिवार खुशी आकर्षित करनेवाला पारस बनता है... आप अपनों से और अपने आपसे जुड़ जाएँगे... ये ज्ञान यानी कुदरत के शाश्वत सिद्धांत हैं, जो हर क्षण, हर पल हर घर में काम करते ही हैं... इन सिद्धांतों (नियमों) में घर-घर की दुःखद कहानी बदलने की ताकत है।

ये सिद्धांत इतने शक्तिशाली हैं कि इनसे पूरे परिवार का संपूर्ण रूपांतरण हो सकता है। अगर आपके परिवार का कोई अधूरा सपना है तो इन सिद्धांतों को सपने पूरे करने का रास्ता दिखाने दीजिए। ये नियम जितने सरल हैं, उतने ही शक्तिशाली हैं। आपके घर को स्वर्ग बनाने के लिए ये नियम अनिवार्य हैं... ये हैं '**विचार नियम**'।

यदि आपसे सवाल पूछा जाए- इक्कीसवीं सदी की सबसे बड़ी रिसर्च कौन सी रही होगी? तो तुरंत जवाब आएगा, 'कंप्यूटर' मगर यह गलत जवाब है। इक्कीसवीं सदी की सबसे बड़ी रिसर्च यह ज्ञान है कि 'इंसान अपने विचारों को दिशा देकर अपना जीवन बदल सकता है।'

एक विचार पूरे विश्व को आकार दे सकता है। एक विचार पूरे परिवार को बदल सकता है। विचारों को दिशा देना इंसान को बहुत ही कठिन लग सकता है क्योंकि विश्व में अधिकांश लोग अपने विचारों से ही परेशान हैं। विचारों में होनेवाली यह परेशानी उनके परिवार में भी दिखती है। परिणामस्वरूप, पति-पत्नी, माँ, पिताजी, बच्चे, भाई-बहन आदि में स्वस्थ संवादमंच नहीं बनता। हकीकत में 'परिवार' नामक व्यवस्था का निर्माण केवल एक ही उद्‌देश्य से हुआ था- **'इंसान अपने अंदर बेशर्त प्रेम और विश्वास महसूस कर उसे बाहर प्रकट कर पाए।'** मगर

विचारों को दिशा न दे पाने की वजह से उसे इस मूल उद्देश्य का विस्मरण हो गया और घर-घर की कहानी आधी-अधूरी, दुःखद बन गई है।

अब वक्त आया है यह कहानी फिर से लिखने का... अपने परिवार में विचारों की क्रांति लाने का! इसी महान उद्देश्य से प्रस्तुत पुस्तक का निर्माण हुआ है।

यदि आपके परिवार में आज की तारीख में अशांति है तो यह पुस्तक आपके लिए उत्तम मार्गदर्शिका है। अगर आज आपके परिवार में 'कभी खुशी – कभी गम' का खेल चलता है तो प्रस्तुत पुस्तक आपको ज़रूर पढ़नी चाहिए। अगर आपका परिवार खुशहाल, आदर्श और स्वस्थ है तो यह पुस्तक आपके परिवार की उच्चतम संभावनाएँ खोलने के लिए महानिमित्त है।

याद रहे, इस पुस्तक का उद्देश्य केवल एक आनंदित परिवार का निर्माण करना नहीं है बल्कि एक खुश परिवार को पारस बनाकर सजग समाज, सजग समाज से आनंदित राष्ट्र और आनंदित राष्ट्र से 'उच्चतम विकसित विश्व' का निर्माण करना है।

तो आइए, परिवार को पारस बनाकर समाज और विश्व में परिवर्तन लाने का शुभारंभ करें...!

... सरश्री

पुस्तक का लाभ कैसे लें

'परिवार के लिए विचार नियम' यह पुस्तक आज के युग के आध्यात्मिक गुरु सरश्री की शिक्षाओं पर आधारित है। सरश्री ने अध्यात्म से संबंधित हर पहलू पर आज की लोकभाषा में बहुत ही गहरा मार्गदर्शन दिया है। परिणामस्वरूप आज अनेक लोगों की चेतना ऊपर उठी है।साथ ही अनेक परिवारों में प्रेम, आनंद और शांति आई है। प्रस्तुत पुस्तक में सरश्री की आध्यात्मिक शिक्षाओं का 'परिवार' इस वषय से होनेवाला संबंध प्रस्तुत किया गया है।

यह पुस्तक सरश्री द्वारा रचित **'विचार नियम- आपकी कामयाबी का रहस्य'** इस बेस्टसेलर पुस्तक पर आधारित है। आज तक लाखों लोगों ने इस पुस्तक का लाभ लिया है। साथ ही यह हिंदी, अंग्रेजी और मराठी के अलावा अन्य भाषाओं में भी प्रकाशित हो चुकी है। 'विचार नियम' यह मूल पुस्तक सरश्री द्वारा दिए गए संदेशों का योग है। 'परिवार के लिए विचार नियम' उसी मूल पुस्तक की विशेष प्रस्तुति है, जिसमें परिवार संबंधित आपके वैचारिक ढाँचे में कौन से परिवर्तन करने चाहिए, इसका स्पष्टीकरण है। प्रस्तुत पुस्तक अपने आपमें पूर्ण है। जिसका लाभ कदम-दर-कदम इस तरह लिया जा सकता है-

१. पुस्तक के पहले अध्याय में चींटियों के परिवार से अमूल्य मार्गदर्शन प्राप्त करें। अन्य अध्यायों में आप सात कुदरती 'विचार नियम' जानेंगे। ये नियम यानी ऐसे शाश्वत सिद्धांत हैं, जो आपका पारिवारिक लक्ष्य पूर्ण करने में सहायक है।

२. केवल विचारों को दिशा देने से परिवार में सकारात्मक बदलाव कैसे आ सकते

हैं, यह विस्तार से जानने के लिए पुस्तक का पहला खण्ड पढ़ें।

३. परिवार में होनेवाले वाद-विवाद, अशांति जैसी नकारात्मक बातों से मुक्त होने हेतु पुस्तक के दूसरे खण्ड में सात कदम प्रस्तुत किए हैं, जिन पर चलकर आप आश्चर्यजनक नतीजे पा सकते हैं। अभिभावक पूर्ण पुस्तक पढ़ें और हर कदम पर अमल करें।

४. पुस्तक का परिशिष्ट आपको पारिवारिक संबंध दृढ़ करने हेतु अतिरिक्त लाभ दे सकता है।

५. हर अध्याय के अंत में मनन प्रश्न और कार्ययोजना दी गई है। जिन पर अमल करने से आप अपने परिवार में अद्भुत बदलाव ला पाएँगे। पुस्तक पढ़ते वक्त डायरी लेकर बैठें ताकि प्राप्त होनेवाली समझ आप लिख पाएँ।

६. महत्वपूर्ण पंक्तियों को हाईलाइटर (मार्कर पेन) से निशान लगाकर रखें और समय-समय पर उन्हें फिर से पढ़कर, उन पर अमल करें।

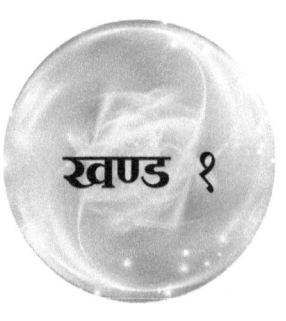

खण्ड १

परिवार के लिए 7 'विचार नियम'

विश्व में जब एक परिवार द्वारा आनंद की
संभावना खुलेगी, बढ़ेगी तो उसकी तरंगें
सारे ब्रह्मांड में हर तरफ पहुँचेंगी।
तब विश्व एक सुंदर परिवार होगा !

अध्याय 1 : खुशहाल छोटे परिवार का बड़ा राज़
सरल नियम

क्या आपने कभी चींटियों को एक कतार में चलते हुए देखा है? या क्या कभी किसी चींटी को रेत से गुजरते हुए घर बनाते हुए देखा है?

चींटी पर यदि गौर किया जाए तो ज्ञात होगा कि अन्य दिखाई देनेवाले जीवों की तुलना में छोटी होने के बावजूद गुणों में वह गुणी है।

चींटी का उदाहरण आपने स्कूल में किसी कथा के रूप में सुना या पढ़ा होगा कि उसका ध्यान सिर्फ एक ही बात पर रहता है, वह है- 'चीनी' अर्थात शक्कर! यह कोई साधारण उदाहरण नहीं है बल्कि इस छोटे से उदाहरण में खुशहाल परिवार का राज़ छिपा है।

चींटियों का परिवार विश्व का दिखाई देनेवाला सबसे छोटा परिवार है मगर सही दृष्टिकोण से देखा जाए तो यह परिवार हमारे पारिवारिक जीवन में 'विचारों की क्रांति' ला सकता है। जी हाँ! आपका परिवार भी चींटियों के परिवार जैसा एकजुट और शक्तिशाली बन सकता है।

रेत से चलते वक्त क्या चींटी कभी परेशान होती है? नहीं! फिर इंसान का ध्यान हमेशा समस्या रूपी रेत पर ही केंद्रित क्यों होता है? क्योंकि वह चींटी की तरह जीवन का अनमोल सबक नहीं सीखता। इस उदाहरण को एक उच्च आयाम से देखें-

चींटी प्रतीक है- इंसान का।

रेत प्रतीक है- परिवार में आनेवाली समस्याओं का।

चीनी प्रतीक है- घटनाओं में छिपे सबक और प्रेम, आनंद, शांति का।

हर परिवार में कई घटनाएँ और समस्याएँ आती हैं। किसी के परिवार में प्रेम

का अभाव होता है तो कोई परिवार आर्थिक असफलता के कारण उदास होता है... कोई रिश्तों में बेवजह होनेवाले अनबन के कारण हैरान है तो किसी परिवार में सुसंवाद की जगह केवल वाद-विवाद है... कोई इंसान अपने परिवार से परेशान होकर 'यह दुनिया, यह महफिल मेरे काम की नहीं' जैसे दर्दभरे गीत गाता है तो कोई अपने परिवार के बलबूते पर सफलता के शिखर पर पहुँचता है। विश्व में कुछ परिवारों को देखकर सच्चे प्रेम, विश्वास और आनंद की झलक मिलती है तो कुछ परिवारों को देखकर वाद-विवाद, द्वेष और अशांति महसूस होती है। ऐसे में स्वयं को यह पंक्ति याद दिलाएँ- 'रेत चीनी मिक्स, चींटियों से सीख।'

सोचें, एक छोटी सी चींटी रेत से केवल चीनी अलग करने जैसा मुश्किल काम इतनी निपुणता से कर लेती है तो इंसान की संभावना यकीनन ज़्यादा है। इसलिए विश्वास रखें, विश्व का हर परिवार अनंत संभावनाओं के पार जा सकता है, हर घर मंदिर बन सकता है... वहाँ प्रेम का गीत और विश्वास का संगीत गूँज सकता है... ऐसा आदर्श परिवार मिसाल बन सकता है, बशर्ते वह छोटी घटना में छिपा हुआ महान संकेत ग्रहण करे।

चींटियों का परिवार और विचार नियम का ज्ञान

अगर इंसान भी परिवार में केवल प्रेम, आनंद और शांति चुनता तो उसके परिवार में कितनी मिठास होती! मगर अज्ञानवश वह स्वयं का ध्यान केवल सम स्याओं पर ही केंद्रित करते हुए कहता है- 'मेरे परिवार में कितनी परेशानी है! फलाँ रिश्तेदार मुझसे सही बरताव नहीं करता... मेरे घर में कभी शांति टिकती ही नहीं... लोग मुझे चैन से जीने नहीं देते... भगवान ने मेरे परिवार के साथ इतना बुरा क्यों किया...?'

इंसान की कंप्लेनिंग लिस्ट कभी खत्म ही नहीं होती क्योंकि उसे समस्या में छिपा उपहार दिखाई नहीं देता। ऐसे में चींटी के गुणों को सामने लाएँ। चींटी की तरह इंसान को भी परिवार में घटनेवाली हर घटना में अपना ध्यान केवल निरंतर परिश्रम, साहस, प्रेम और सकारात्मकता पर ही केंद्रित करना चाहिए।

परिवार में कुछ घटनाएँ बार-बार होती हैं क्योंकि इंसान उनसे सीख प्राप्त नहीं करता। अतः आपके परिवार में जो भी समस्या आए, उन्हें आपको उस तरह से नहीं देखना चाहिए, जिस तरह से आम लोग देखते हैं। लोग समस्याओं को अज्ञानता की दृष्टि से देखते हैं, जबकि आपको समस्याओं को '**चींटी के दृष्टिकोण**' से देखना सीखना होगा ताकि आपका ध्यान सिर्फ चीनी यानी प्रेम और सीख पर हो।

पारिवारिक क्रांति

चींटी को हमेशा यह स्पष्ट होता है कि उसे अपना ध्यान केवल चीनी पर ही केंद्रित करना है तो क्या आपके विचारों में यह स्पष्टता होती है कि आपको परिवार में कौन सी बातों पर अपना ध्यान केंद्रित करना चाहिए? या ज़्यादातर समय आपका मन उन्हीं बातों के बारे में सोचता है, जो आप अपने परिवार में नहीं चाहते? जैसे- वाद-विवाद, अशांति, आर्थिक समस्याएँ, मिसकम्युनिकेशन इत्यादि।

अधिकांश लोगों को उनके परिवार में केवल नकारात्मक घटनाओं (रेत) का दर्शन होता है। मगर क्या वे प्रयासपूर्वक यह देख पाते हैं कि उनके परिवार में कई सारी सकारात्मकता (शक्कर के दाने) भी उपलब्ध हैं? यही है पारिवारिक क्रांति का राज़- 'सिर्फ चीनी पर ध्यान दें, रेत पर नहीं' यानी 'आप अपने परिवार में जो चाहिए, केवल उस पर ध्यान दें... जो नहीं चाहिए, उस पर नहीं।' यह परिवार में वैचारिक क्रांति लानेवाला 'विचार नियम' है।

अपना ध्यान 'चीनी' पर रखें

चींटी की तरह आप भी अपने परिवार में जो चाहते हैं, वह ढूँढ़ना, कहना और उस दिशा में कार्य करना शुरू करें। जिसका परिणाम यह होगा कि आपको जो नहीं चाहिए, वह आपके जीवन से खुद-ब-खुद गायब हो जाएगा। आपके जीवन के बुरे लोगों के लिए, जो आपको पसंद नहीं हैं और जिनसे आप नफरत करते हैं, उनके लिए प्रार्थना करें, **'मुझे अपने जीवन में प्रेम, आनंद बाँटनेवाले, उच्च चेतना की बातें करनेवाले लोग चाहिए।'** फिर ऐसे ही लोग आपके जीवन में आएँगे। जो लोग आपके मापदंड में नहीं बैठेंगे, उनका आपके प्रति व्यवहार बदल जाएगा।

आप वाकई क्या चाहते हैं?

ज़रा सोचिए, रेत से गुजरते वक्त क्या चींटी यह कहकर रुक जाती है कि 'अरे बाप रे! मेरे चारों ओर रेत ही रेत है!' नहीं बल्कि उसका हौसला और बुलंद होता है क्योंकि उसे स्वयं का लक्ष्य स्पष्ट होता है। आप भी अपने परिवार का लक्ष्य तय करें कि आप अपने परिवार में निश्चित तौर पर क्या चाहते हैं... रेत या चीनी? दुःख या सुख?'

अब चींटी से मिलनेवाला दूसरा सबक याद रखें, 'परिवार में दिखनेवाली अशांति भी रेत की तरह दिखावटी सत्य✲ है, केवल प्रेम, आनंद और शांति ही एक मात्र सत्य है।'

✲मिथ्या, भ्रम, दिखाई देनेवाली नकारात्मक बातें

एक वक्त में शक्कर का एक ही दाना उठाना और दोबारा रेत में जाकर शक्कर का दूसरा दाना उठाना या रेत में शक्कर के कण ढूँढ़ना, ये कार्य चींटी निरंतरता से और बखूबी पूर्ण करती है। हालाँकि उसका शरीर कितना छोटा है, फिर भी वह इतना बड़ा काम कर गुजरती है। इसीलिए किसी दार्शनिक ने कहा है- 'शारीरिक क्षमता से ताकत नहीं आती, यह तो अदम्य इच्छा शक्ति से आती है।'

अपने परिवार की ज़िम्मेदारी लें

अधिकांश लोग अपनी असफलता का दोष दूसरों पर मढ़ते हैं। ऐसे में उन्हें अपना ध्यान उस चींटी की ओर केंद्रित करना चाहिए, जो बिना किसी सुविधा के अपना लक्ष्य प्राप्त करती है क्योंकि उसके पास 'ज़िम्मेदारी' का गुण होता है।

तो क्या हमने अपने परिवार की ज़िम्मेदारी उठाई है? कई बार इंसान अपने परिवार की ज़िम्मेदारी किसी दूसरे के हाथ सौंप देता है। माँ, पिताजी, भाई, बहन या कोई ऐसा इंसान, जो सहजता से ज़िम्मेदारी उठा सकता है मगर ध्यान रहे, आप जिस परिवार का हिस्सा हैं, उसकी ज़िम्मेदारी उठाना आपका कर्तव्य है। **ज़िम्मेदारी और प्रबल इच्छा शक्ति के बलबूते पर ही चींटी रेत से चीनी निकाल पाती है। अगर वह इतना बड़ा कार्य कर सकती है तो हर परिवार सफलता की सीढ़ियाँ चढ़ सकता है।** कहते हैं न 'आप हालात, मौसम या हवा का रुख नहीं बदल सकते लेकिन स्वयं को अवश्य बदल सकते हैं।' इसलिए स्वयं को बदलने की ज़िम्मेदारी उठाएँ।

आपको अपनी सारी बहानेबाज़ी, परिस्थितियों या लोगों का शिकार होने के सारे किस्से, 'मैं फलाँ काम नहीं कर सकता' जैसे सारे कारणों को त्यागना होगा क्योंकि **कड़ी धूप, रेत का ढेर, राह में आनेवाली दिक्कतें, छोटा शरीर ऐसे बाहरी कारण चींटी को रेत से चीनी इकट्ठा करने से नहीं रोक सकते। आपको भी सफल परिवार का निर्माण करते वक्त बाहरी कारणों को त्यागना होगा।**

आपके विचार और कुदरत का सहयोग

अकसर आपने देखा होगा कि एक छोटी चींटी को उसके कार्य में अन्य कई चींटियों का सहयोग मिलता है। थोड़ी ही देर में आप कई चींटियों को एक दिशा में यात्रा करते हुए देखते हैं। यहाँ भी कुदरत का नियम काम करता है। यह नियम है- जब आप विचारों को सही दिशा देते हैं तब संपूर्ण ब्रह्मांड (ईश्वर का परिवार) आपके सहयोग में जुट जाता है। जब आप सचमुच अपने लक्ष्य की ओर अग्रसर होते हैं तब लोग, ज्ञान, धन, साधन और अवसर, जिनकी आपको ज़रूरत होती है, अपने आप कुदरती ढंग से आपकी तरफ खिंचे चले आते हैं।

परिवार के लिए विचार नियम - 20

विचारों को लचीला बनाएँ

चींटी का और एक महत्वपूर्ण गुण है, **लचीलापन**! वह रास्ते में कोई अड़चन आने पर तुरंत अपनी राह बदल देती है। जबकि इंसान स्वयं के विचारों के साथ, गलत धारणाओं के साथ इतना आसक्त होता है कि वह अपने नकारात्मक विचारों को सही राह पर ला नहीं पाता क्योंकि उसकी बुद्धि लचीली नहीं होती। अगर आप लचीले बनेंगे तो अपने विचारों को उचित दिशा दे पाएँगे।

ईश्वर उसी की मदद करता है, जो अपनी मदद स्वयं करता है। अर्थात आदर्श परिवार के निर्माण हेतु आपको स्वयं सही दिशा ढूँढ़नी होगी। जैसे चींटी रेत के ढेर में स्वयं रास्ता बनाकर अपनी राह साफ करती है, वैसे ही आपको भी नकारात्मक विचारों को रास्ते से निकालना होगा, लक्ष्य पर ध्यान रखते हुए स्वयं की राह साफ करनी होगी। सभी कठिनाइयों और बाधाओं के बावजूद 'विचार नियमों' के आधार पर सकारात्मक दृष्टिकोण अपनाना होगा। इससे आपका परिवार सहजता से स्वर्ग बन सकता है।

सफल परिवार की कुंजी

आपको जीवन में जो चाहिए उस पर अपना ध्यान केंद्रित कर, उसके बारे में होश के साथ निरंतरता से विचार करें। **निरंतरता ही सफल परिवार की कुंजी है।** जिन लोगों को विचारों के रहस्य पता चले, वे निरंतरता से बीज डालते गए क्योंकि उन्हें मालूम है– 'जो हम चाहते हैं उसका निर्माण हो चुका है, बस हमें उसे प्रकट रूप में लाना है।'

अतः आपके लिए सवाल है– क्या आप अपने परिवार में आनंद का बीज निरंतरता से बोते हैं?

एक इंसान उसके परिवार में शांति आए इसलिए प्रार्थना कर रहा था और कुछ ही दिनों में उसके घर में वाद-विवाद शुरू हुए। उसे विचार आया, 'मैं इतने दिनों से परिवार की शांति के लिए प्रार्थना कर रहा हूँ मगर कुछ फायदा नहीं हुआ।' अतः उसने अपनी प्रार्थना बंद कर दी। हालाँकि इस घटना में उसे चींटियों के परिवार से सब सीखना चाहिए था, जो निरंतरता से अपने कार्य में लगा हुआ है। इंसान भी यदि परिवार में 'क्या चाहिए' यह जानकर केवल उसी बारे में विचार करे तो जल्द ही उसका खुशहाल परिवार का सपना वास्तव में बदलेगा। इसलिए अपना ध्यान केवल उन्हीं चीज़ों पर केंद्रित करें, जो आप चाहते हैं। इस कार्य में आपकी निरंतरता सबसे महत्वपूर्ण है क्योंकि निरंतरता से दोहराए गए विचारों का ही परिणाम आता है।

इस प्रकार जैसे-जैसे आपको सफल, स्वस्थ और आनंदित परिवार के लिए आवश्यक 'विचार नियम' समझ में आएँगे, आपकी खुशी उस आत्मविश्वास से निकलेगी कि 'सब कुछ मेरी पहुँच में है, सब कुछ संभव है।'

तो चलिए, अगले अध्याय में पहला परिवार विचार नियम समझकर आनंदित परिवार का निर्माण शुरू करते हैं...!

मनन प्रश्न :

▶ एक खुशहाल परिवार के लिए किन गुणों की आवश्यकता है?

कार्ययोजना :

▶ सुबह या शाम ९ बजकर ९ मिनट पर पारिवारिक शांति पाने के साथ-साथ निरंतरता से हर दिन विश्व शांति के लिए भी प्रार्थना करें।

अध्याय 2

मधुर रिश्तों का निर्माण पहले कहाँ होता है

परिवार विचार नियम - १

विशाल नामक इंसान को सौतेली माँ थी। हालाँकि वह विशाल को सगे बेटे जैसा ही प्रेम करती थी। एक दिन उन दोनों के बीच कुछ मनमुटाव हो गया। माँ ने विशाल को कुछ कड़वे शब्द कह दिए, जिससे वह बुरी तरह से आहत हो गया। इस घटना से वह अपनी सौतेली माँ से बहुत ही नाराज़ रहने लगा। दोनों के संबंधों में कड़वाहट सी आ गई। रिश्तों के बीच होनेवाली दूरियाँ बढ़ती ही गई। यहाँ तक कि विशाल ने अपनी माँ को 'माँ' कहना भी छोड़ दिया।

कुछ दिनों के बाद विशाल अपने दोस्तों के साथ एक बर्थ-डे पार्टी में गया था। यह कोई साधारण पार्टी नहीं थी। जैसे अकसर पार्टी में 'खाना-पिना, मज़ा करना' होता है, वैसे इस पार्टी में कोई मनोरंजन नहीं था। क्योंकि यह पार्टी किसी अनाथाश्रम में आयोजित की गई थी। वहाँ पर कई अनाथ बच्चे खेल-कूद रहे थे। एक-दूसरे के साथ मस्ती कर रहे थे और बीच-बीच में रुककर, अपनी 'माँ' की तरफ दौड़ रहे थे। जी हाँ! उन सभी अनाथ बच्चों की सिर्फ एक ही माँ थी, जो उस आश्रम की मुखिया की भूमिका निभा रही थी। उसकी आँखों में ममता का तेज़ था, होठों पर हँसी थी और चेहरे पर प्रसन्नता के भाव थे। उस महिला को देखकर विशाल के मन में आश्चर्य की भावना जाग्रत हुई। 'इतने सारे छोटे बच्चों को यह अकेली कैसे सँभाल पाती होंगी? क्या कभी इसे चिड़चिड़ नहीं होती होगी? क्या कभी यह बच्चों पर चीखती-चिल्लाती नहीं होगी?' उसने अपने मन में आई हुई शंका निःसंकोच होकर उस महिला से पूछी। विशाल के इस सवाल पर महिला ने जो जवाब दिया, वह वाकई जीवन का सबक था।

'मैं इतने सारे बच्चों को सँभालते हुए कभी-कभी तंग आ जाती हूँ। कई बार मैं कुछ शरारती बच्चों को डाँटती भी हूँ। जब बच्चे ज़िद पर अड़े रहते हैं तब मुझे

उन पर हाथ भी उठाना पड़ता है। मगर एक बात तो पक्की है, मैं इन सभी बच्चों से बेहद प्यार करती हूँ क्योंकि इस दुनिया में मेरे सिवाय इनका कोई नहीं है और मैं भी इनके बिना नहीं रह सकती हूँ।'

उस महिला के यह विचार सुनते ही विशाल के मन में अपराधबोध की भावना जाग गई। उसके मन में विचार आने लगे, 'इतने सारे अनजान बच्चों की माँ का किरदार निभाना इस महिला के लिए कितना कठिन होगा! फिर भी उसके और बच्चों के बीच बेशर्त प्यार है। मगर मैंने अपनी माँ के प्रति कुछ ऐसे विचार मन में रखे हैं, जिससे हमारे बीच होनेवाला संवादमंच ही टूट चुका है। कितने दिनों से मैं अपने अंदर अपूर्णता महसूस कर रहा हूँ। शायद मेरा मन 'सौतेली माँ' इस लेबल से चिपक गया है। मेरे विचारों की दिशा ही गलत बन चुकी है। अब मुझे इन हालातों से तुरंत बाहर निकलना होगा।'

विशाल के विचारों को दिशा मिल गई। उस एक घटना से उसके विचारों का ढाँचा ही बदल गया। विचारों में आए हुए इस परिवर्तन के कारण उसने रिश्ते में आई हुई दरार को मिटाने का निर्णय लिया। कई दिनों से उसने माँ के साथ खाना नहीं खाया था और न ही उसके साथ बात की थी। आज बहुत दिनों के बाद वह माँ को पसंद आनेवाली डिश लेकर घर गया। उसने तुरंत माँ के हाथों में उसकी मनपसंद डिश रख दी। जैसे ही उसने माँ की आँखों में देखा, उसे वहाँ पर प्रेम का दर्शन हुआ, जो आँसुओं के रूप में बह रहा था। 'बेटा, मैं कितने दिनों से इस दिन का बेसब्री से इंतज़ार कर रही थी! मैंने तुम्हारे साथ बात करने का प्रयास भी किया था मगर अपने दिल की बात तुमसे कह नहीं पाई। मेरे मन में तुम्हारे प्रति केवल और केवल प्रेम ही है। मैंने गलती से तुम्हें कुछ भला-बुरा कह दिया हो तो अपनी माँ को माफ कर देना बेटा।'

माँ के ये शब्द सुनते ही विशाल के शरीर पर रोंगटे खड़े हो गए। उसने रोते हुए माँ से माफी माँगी और उस दिन से वाकई उन दोनों का रिश्ता और मज़बूत बन गया। आज भी उनके रिश्ते में मधुरता, प्रेम और विश्वास की सुगंध के साथ-साथ एक बेहतरीन स्वस्थ संवादमंच भी है।

अब सवाल आपसे है– जो रिश्ता कुछ दिनों पहले बिगड़ चुका था, वह आज सुंदर और स्वस्थ क्यों बन गया? ऐसी क्या बात हुई जिससे इस रिश्ते में सकारात्मक परिवर्तन आया?

हालाँकि इस पूरी प्रक्रिया में केवल एक ही पहलू में परिवर्तन हुआ और वह

था, 'विचार'। विशाल और उसकी सौतेली माँ इन दोनों के विचारों की दिशा बदली, परिणामस्वरूप उनके रिश्ते की अवस्था भी परिवर्तित हो गई। अतः रिश्तों की दशा बदलने के लिए अपने विचारों को दिशा दें। यही समझ अपनाने हेतु जानिए, 'परिवार के लिए- पहला विचार नियम', जो कहता है-

विश्व में किसी भी चीज़ का निर्माण स्रोत के द्वारा पहले विचारों को दिशा देकर होता है।

यह नियम हमारे जीवन के सभी स्तरों पर असर करता है, फिर चाहे वह हमारी आर्थिक स्थिति हो, शारीरिक स्वास्थ्य हो या हमारे रिश्ते। जी हाँ! हमारे जीवन में होनेवाले सभी रिश्तों की बुनियाद है, पहला विचार नियम- रिश्तों में मधुरता का निर्माण होने से पहले स्रोत द्वारा उसकी निर्मित्ति पहले **विचारों को दिशा देकर होती है।**

अगर आप लोगों को गौर से देखेंगे, उनके बारे में पढ़ेंगे या सुनेंगे तो आप निश्चित तौर पर यह देख पाएँगे कि दुनिया में दो तरह के लोग होते हैं। पहले वे जिनके जीवन के सभी रिश्ते प्रेम और विश्वास से लबालब भरे हुए होते हैं और दूसरे वे जो अपने रिश्तों को लेकर हमेशा अस्वस्थ रहते हैं। एक ने कमान अपने हाथ में रखी हुई है तो दूसरे की लगाम किसी और के पास है। दोनों में फर्क क्या है? फर्क यही है कि पहले तरीके में आनेवाले लोगों को 'मेरे सभी रिश्ते बेहतर होने चाहिए' यह विचार आता है। इसी कारण वे अपने रिश्ते सुंदर तथा स्वस्थ बनाने के लिए प्रयास भी करते हैं क्योंकि वे जानते हैं- **जैसे हमारे विचार, वैसे ही हमारे रिश्ते!**

सिर्फ रिश्ते ही नहीं बल्कि हमारी आयु, हमें मिलनेवाली सफलता या असफलता, हमारे जीवन में आनेवाले लोग, हमारी आर्थिक स्थिति, जीवन में होनेवाली घटनाएँ और हमारे द्वारा होनेवाले रचनात्मक कार्य... सभी चीज़ों का पहले मानसिक स्तर पर निर्माण होता है और जब विचार वास्तविक रूप में बदलते हैं तब होता है उसका भौतिक प्रकटीकरण! यह बिलकुल वैसा ही है, जैसे गर्भ में होनेवाले बच्चे पर किए गए संस्कार। हालाँकि गर्भ पर होनेवाले संस्कार बाहर से दिखाई नहीं देते मगर शिशु के जन्म उपरांत वे सभी पहलू वास्तविकता में दिखाई देते हैं, जो माँ ने गर्भावस्था में सोचे थे, महसूस किए थे। उसी तरह आपके रिश्तों को लेकर वैचारिक स्तर पर जो निर्माण होता है, वही बाद में सच्चाई बन जाता है।

जैसे ऊपर दी गई कहानी में विशाल के जीवन में एक घटना घटी, जिससे उसके विचारों में परिवर्तन आया कि '**मुझे माँ के साथ होनेवाली सभी गलतफहमियाँ मिटानी चाहिए, मुझे प्रेम और विश्वास की शक्ति से यह रिश्ता स्वस्थ बनाना चाहिए**',

इस विचार को बल मिला। परिणामस्वरूप, उसका माँ के साथ होनेवाला रिश्ता पहले से बेहतर, स्वस्थ और सुंदर बन गया।

यही है रिश्तों में मिठास लानेवाला पहला विचार नियम! याद रखिए, सिर्फ महँगी गिफ्ट्स देने या सिर्फ मीठी बातें करने से कोई रिश्ता मधुर नहीं बनता। रिश्ते तब मधुर बनते हैं जब **'मेरे जीवन में होनेवाले सभी रिश्ते मधुर बनें'** यह विचार प्रबल बनता है। अगर यह विचार ही आपके मन में नहीं आया तो आपसे उचित क्रिया भी नहीं होगी। क्योंकि विचार और क्रिया का अटूट रिश्ता है। आपसे क्रिया तभी होती है, जब आप कोई चीज़ विचारों के स्तर पर लाते हैं। सकारात्मक विचारों की शक्ति से ही आपका बिगड़ा हुआ हर रिश्ता सुधरने लगता है। इतना ही नहीं बल्कि स्वस्थ रिश्ता भी पहले से और समृद्ध होने लगता है। आप विश्वास के शिखर पर पहुँच सकते हैं, प्रेमरूपी समुंदर में छलाँग लगा सकते हैं। साथ ही हर रिश्ते को स्वस्थ बनाकर आप आध्यात्मिक उन्नति के पथ पर आगे बढ़ सकते हैं बशर्ते आपने विचार नियम समझा हो। स्मरण रहे, रिश्तों में मधुरता लाने के लिए पहला आवश्यक पायदान है, 'विचार'। अर्थात हमें अपने रिश्तों में जो चाहिए, उसे वैचारिक स्तर पर देखना। जैसे -

- अगर आपको परिवार में प्रेम चाहिए तो आपके विचारों में प्रेम होना चाहिए।
- अगर आप परिवार में विश्वास के शिखर पर पहुँचना चाहते हैं तो पहले अपने वैचारिक स्तर पर विश्वास का निर्माण करना सीखें।
- अगर आप परिवार में शांति चाहते हैं तो ज़ाहिर है आपके विचारों में शांति आनी चाहिए।
- अगर आप परिवार में मधुरता चाहते हैं तो पहले अपने विचार मधुर बनाएँ।
- अगर आप परिवार में वार्तालाप चाहते हैं तो पहले अपने विचारों को सकारात्मक संवादों (सु-स्वसंवादों*) में परिवर्तित करें।
- अगर आप अपने परिवार को ज्ञान और भक्ति की छाँव देना चाहते हैं तो पहले अपने विचारों को इनसे भर दें।
- अगर आप अपने परिवार में विवेक शक्ति बढ़ाना चाहते हैं तो पहले अपने विचारों में विवेक को जगाएँ।

---

*रिश्तों को बेहतर बनाने के लिए स्वसंवाद का महत्त्व समझने हेतु पढ़ें प्रस्तुत पुस्तक का नौवा अध्याय, 'महाअनुवाद संवाद' पृष्ठ ७१

पहले सुनिश्चित करें कि 'मुझे मेरे परिवार में क्या चाहिए?' यदि आप इसकी स्पष्टता नहीं है तो यह सवाल लगातार अपने आपसे पूछते रहें क्योंकि आपका अंतर्मन आपके हर विचार के प्रति सजग होता है। आपका हर विचार अंतर्मन में एक आदेश के रूप में लिया जाता है और उसी विचार के अनुसार आपके जीवन में घटनाएँ घटती हैं।

अतः सजगता से सोचिए आप अपने अंतर्मन को 'मेरे जीवन में होनेवाले सभी रिश्ते बदतर हैं' या 'मेरे सभी रिश्ते हर दिन बेहतर बन रहे हैं' यह आदेश दे रहे हैं। जो विचार आप बार-बार दोहराते हैं, वह आपके जीवन में आविष्कृत होता ही है। यही बात अब विस्तार से जानते हैं-

हमारा मन प्रायः दो भागों में विभाजीत किया जा सकता है- अंतर्मन (Sub-conscious mind) और बाह्यमन (Conscious mind)। अंतर्मन को कई संज्ञाओं से संबोधित किया जाता है। जैसे, 'अवचेतन मन', 'अर्धचेतन मन', 'अर्धजाग्रत मन' (Sub-conscious mind)। मगर हम विषय को समझने हेतु 'अंतर्मन' इस संज्ञा का इस्तेमाल करेंगे।

बाह्यमन यानी पंचेंद्रियों द्वारा सक्रिय रहनेवाला मन मगर अंतर्मन की क्षमता पाँच इंद्रियों के पार भी होती है क्योंकि अंतर्मन 'सहज बोध' से अनुभूति करता है। यह भावनाओं का और स्मृतियों का भंडार है। स्मरण रहे, आपके हर सवाल का जवाब आपके अंतर्मन में पहले से ही मौजूद होता है। इतना ही नहीं बल्कि आपका अंतर्मन आपको निरंतरता से मार्गदर्शन भी करता है। अगर आप अंतर्मन के बताए हुए मार्ग पर चलते हैं तो आपके जीवन में सभी दिव्य, सुंदर और सफलदायी चीज़ों का बहाव शुरू होता है क्योंकि अंतर्मन कुदरत के, सहज बोध के यानी स्रोत के बहुत ही नज़दीक है। आपके अंतर्मन में अतींद्रिय क्षमताएँ होती हैं। आपका अंतर्मन बहुत ही ग्रहणशील होता है।

बाह्यमन जो भी विचार करता है, वे विचार अंतर्मन में एक आदेश की तरह लिए जाते हैं। आपका अंतर्मन कभी प्रतिप्रश्न नहीं करता कि फलाँ विचार गलत है, नकारात्मक है आदि। क्योंकि आपका अंतर्मन एक ही बात जानता है- बाह्यमन से जो भी विचार आते हैं, उन्हें एक आदेश की तरह स्वीकार करना और उन विचारों को हकीकत में बदलना।

रिश्ते बेहतर बनाने में सबसे मुख्य बाधा है, 'इंसान का बेहोश बाह्यमन क्योंकि बाह्यमन जब बेहोशी में नकारात्मक विचार दोहराता है तब अंतर्मन वे सभी

नकारात्मक विचार वास्तव में उतारने के लिए जुट जाता है। मानो, किसी इंसान के बाह्यमन में एक विचार आया, 'आखिर सभी रिश्तेदार स्वार्थी होते हैं।' अब उस इंसान को यह विचार आते ही सजग होना चाहिए मगर अज्ञानवश इंसान नकारात्मक विचार दोहराता रहता है। परिणामस्वरूप, अंतर्मन 'आखिर सभी रिश्तेदार स्वार्थी होते हैं' यह बात साबित करने के लिए जुट जाता है और आपके रिश्तेदार आपसे स्वार्थी बनकर ही बरताव करने लगते हैं मगर स्मरण रहे कि इसमें गलती रिश्तेदारों की नहीं बल्कि आपकी भी है।

जिस बात पर आप यकीन रखते हैं, उन बातों के सबूत आपको मिलते ही हैं क्योंकि आपका यकीन यानी आपके अंतर्मन का यकीन। अंतर्मन हर यकीन को हकीकत में बदलकर रखता है।

मन, शरीर और बुद्धि का आपस में गहरा संबंध है। इंसान के मन में उठनेवाले सकारात्मक व नकारात्मक दोनों प्रकार के विचारों का प्रभाव इंसान के रिश्तों पर होता ही है। विचारों में इतनी शक्ति है कि यदि कोई इंसान एक विचार एक मिनट तक मन में पकड़कर रखने का अभ्यास करे तो उसके जीवन में चमत्कार होने प्रारंभ हो सकते हैं। शुरुआत में शायद यह आपको असंभव लगेगा परंतु समझ प्राप्त होते ही आपके विचारों और विश्वास में बड़ा परिवर्तन होने लगेगा। 'सब संभव है', यह विश्वास जगेगा।

आपने देखा होगा कि जब भी आप अचार या इमली की कल्पना करते हैं तो स्वतः ही आपके मुँह में पानी आ जाता है। यह एक आश्चर्य है। आज की सदी में सबसे बड़ी मनोवैज्ञानिक खोज यह हुई है कि 'हमारा अंतर्मन देख नहीं सकता लेकिन हम उसे जो दृश्य दिखाते हैं, उसे वह असली मान लेता है, चाहे वह दृश्य सच में हो रहा हो या काल्पनिक हो।'

यदि ऐसा है तो क्यों न हम वह सब देखना शुरू करें, जो हम अपने रिश्तों में चाहते हैं? अर्थात आप रिश्तों में जो पाना चाहते हैं, वह विचारों के स्तर पर देखना शुरू कर दें। अपने दोनों हाथ खोलकर कहें, 'मुझे जीवन में प्रेम, आनंद और खुशी बाँटनेवाले लोग चाहिए… मुझे मेरी चेतना बढ़ानेवाले रिश्ते चाहिए… मेरे जीवन में सिर्फ वे ही लोग आएँ, जो मुझे विश्वास के शिखर पर ले जाएँ… मेरे सभी रिश्तों में शांति हो… सभी रिश्ते मुझे पूर्ण बनाएँ…।'

मनन प्रश्न :

▶ 'मेरे सभी रिश्तों में भरपूर प्रेम और विश्वास हो' यह विचार दिन में मैं कितनी बार दोहराता हूँ?

कार्ययोजना :

▶ जहाँ भी सुविधा महसूस हो तब यह प्रयोग ज़रूर करें। अपने दोनों हाथ खोलकर✲ ऊपर की तरफ देखकर कहें, 'मुझे जीवन में प्रेम, आनंद और खुशी बाँटनेवाले लोग चाहिए... मुझे मेरी चेतना बढ़ानेवाले रिश्ते चाहिए... मेरे जीवन में सिर्फ वे ही लोग आएँ, जो मुझे विश्वास के शिखर पर ले जाएँ... मेरे सभी रिश्तों में शांति हो... सभी रिश्ते मुझे पूर्ण बनाएँ...।'

✲दोनों हाथ खोलने से आपके अंदर की सिकुड़न तुरंत खत्म होगी और आप अपने अंदर खुलापन महसूस करते हुए कुदरत को संकेत दे पाएँगे।

अध्याय 3

मधुर रिश्तों के दो जीवन साथी

परिवार विचार नियम – २

एक इंसान का अपनी पत्नी के साथ कुछ कारणवश मनमुटाव हुआ था। उसने गलती से अपनी पत्नी को कुछ भला-बुरा कह दिया था। जब उसे अपनी गलती का एहसास हुआ तब उसने अपने विचारों में परिवर्तन लाना शुरू किया। सकारात्मक विचारों की वजह से उसकी देहबोली (बॉडी लैंग्वेज) में भी सकारात्मक बदलाव आया। अपने पति के स्वभाव में हुए इस परिवर्तन से पत्नी मन ही मन खुश हो रही थी मगर वह अपनी भावनाओं का पति के सामने इज़हार नहीं कर पाई। पत्नी की खामोशी देखकर आखिर पति के धीरज का बाँध टूट गया। जिसके परिणामस्वरूप कुछ दिनों बाद पति के विचार नकारात्मक हो गए, 'मैं कितना भी बदलने का प्रयास करूँ, फिर भी कुछ फायदा नहीं... मेरी पत्नी कभी सुधारनेवाली नहीं है... इसे तो मेरी कद्र ही नहीं है...!'

उपरोक्त उदाहरण में उस इंसान ने निन्यानवे (99) बार सकारात्मक विचारों का हथौड़ा मारा मगर जब अंतिम प्रहार करने का वक्त आया तब उसका जोश (उत्साह) कम हो गया और उसने अपना होश भी गँवाया। यह आंतरिक अवस्था उसकी बॉडी लैंग्वेज से भी झलकने लगी। जिसके परिणामस्वरूप उनके रिश्ते में आई दरार अधिक बढ़ने लगी।

कहने का अर्थ कई लोग अपने रिश्ते बेहतर बनाने के लिए विचारों में बदलाव तो लाते हैं मगर कभी उनका जोश कम पड़ता है तो कभी होश!

पहले विचार सूत्र में हमने जाना कि हर चीज़ का भौतिक निर्माण होने से पहले, स्रोत द्वारा उसका वैचारिक निर्माण होता है। यदि ऐसा है तो सवाल उठता है कि क्या हर विचार हकीकत में बदलता है? इसके जवाब में आपको यह पता होना चाहिए कि कौन से विचार हकीकत में बदलते हैं। हर विचार आपके जीवन में किसी

परिवार के लिए विचार नियम – 30

न किसी तरह से असर कर ही रहा है परंतु सारे विचार साकार नहीं होते क्योंकि दिनभर में कई विचार यूँ ही चलते रहते हैं। ये शेखचिल्ली जैसे विचार हकीकत में नहीं बदलते। जिन विचारों में होश (स्पष्टता), जोश (ऊर्जा) और दिशा होती है, वे ही विचार हकीकत में बदलते हैं। इसलिए प्रस्तुत नियम वाक्य को समझना महत्वपूर्ण है।

यहाँ पहला पहलू आता है 'होश' यानी विचारों के प्रति जाग्रति और स्पष्टता। यदि ये दोनों न हों तो इंसान शेखचिल्ली की तरह विचारों की भीड़ में भटकता रहता है कि 'मुझे यह चाहिए... मुझे वह मिल गया तो इससे मैं यह करूँगा... फिर ऐसा होगा... मेरे जीवन में ऐसे रिश्तेदार आएँ...' आदि। इस तरह विचारों के शोरगुल में कई बार इंसान अपने ही विचारों के विरुद्ध सोचने लगता है। नतीजन उसे कोई परिणाम हासिल नहीं होता।

अधिकतर लोगों के जीवन में प्रेम, विश्वास और आत्मसम्मान की कमी पाई जाती है। इसका एक प्रमुख कारण है– उन्होंने अपने विचारों को जोश और होश के साथ एक दिशा में दोहराया नहीं होता। जोश यानी ऊर्जा, होश यानी सजगता। सजगता के साथ जब ऊर्जा जुड़ जाती है तब आश्चर्यजनक परिणाम दिखने लगते हैं। रिश्तों में प्रेम की कमतरता इसलिए होती है क्योंकि उन्हें वाकई स्पष्ट नहीं है कि उन्हें कैसे रिश्ते चाहिए? परिणामस्वरूप, उनके परस्पर विरोधी विचार एक-दूसरे के साथ टकराकर ऊर्जाहीन बनते हैं। जिस इंसान को अपने रिश्तों से प्रेम, विश्वास या सम्मान नहीं मिलता, उसे इस बात पर मनन करना चाहिए कि 'मेरे विचार एक-दूसरे को कहाँ पर काट रहे हैं?' आइए, इस बात को एक और उदाहरण से समझते हैं।

कई लड़कियाँ शादी के बाद, एक रिश्ते से सदा परेशान रहती है और वह है उनकी सास! सोचनेवाली बात है अधिकांश लड़कियों को उनकी सास से ही इतनी तकलीफ क्यों होती है? इसके पीछे उनका एक 'विचार नियम' काम करता है। लड़कियाँ शादी से पहले अच्छे विचार तो रखती हैं। जैसे, 'मेरा होनेवाला पति सुशील हो, मेरे सास-ससुर भी मुझे बेटी की तरह समझें' आदि। हालाँकि इस विचार में जोश भी होता है और होश यानी स्पष्टता भी! मगर कुछ क्षण बाद लड़की के मन में आनेवाले विचार पहले विचारों से बिलकुल विपरीत होते हैं। जैसे, 'मेरी सास अगर मुझसे गलत व्यवहार करेगी तो मैं भी उसे मुँहतोड़ जवाब दूँगी... ईंट का जवाब पत्थर से देना मैं भी जानती हूँ... पता नहीं मुझे कैसा परिवार मिलेगा, आज-कल लोग कितने लालची और स्वार्थी हो गए हैं!'

अब इस उदाहरण पर ज़रा गौर करें। लड़की के मन में पहले सकारात्मक

विचार आए थे मगर दूसरे ही पल आए हुए नकारात्मक विचारों ने पहले विचारों को काट डाला। क्योंकि नकारात्मक विचार करते वक्त भी उन्हें जोश और होश के साथ दोहराया गया।

कुदरत का एक नियम सदा याद रखें, अंधेरा और प्रकाश एक ही वक्त, एक ही जगह उपस्थित नहीं रह सकते। यदि ऐसा हो तो वे एक-दूसरे का अस्तित्त्व ही मिटा देंगे। इसी तरह एक के बाद एक किए गए सकारात्मक और नकारात्मक विचार भी एक-दूसरे के साथ नहीं रह सकते वरना वे एक-दूसरे को काट डालते हैं। यही वजह है कि आपका मनपसंद रिश्ता आपसे दूर चला जाता है या मनचाहा रिश्तेदार मिलने के बावजूद भी आप असंतुष्ट रहते हैं। ऐसे में विचार नियम की समझ होनी बहुत ही आवश्यक है। इसी से रिश्तों में प्रेम, आनंद, शांति, मधुरता, समृद्धि, स्वास्थ्य का आगमन होगा।

धीरज वार कैसे करें

मान लीजिए, आप हथौड़े की मदद से एक बड़े पत्थर को तोड़ने की कोशिश कर रहे हैं। आप बार-बार पूरी ताकत के साथ हथौड़े से पत्थर पर वार कर रहे हैं लेकिन पत्थर टूट ही नहीं रहा है। इसके बावजूद भी आप उस पर हथौड़े से प्रहार करते रहते हैं। आखिरकार जब आप सौवीं बार हथौड़ा मारते हैं तब वह पत्थर टूट जाता है। अब ज़रा सोचिए, क्या पत्थर को तोड़ने में आपका निन्यानवे बार हथौड़ा चलाना बेकार गया? नहीं, दरअसल उन निन्यानवे चोटों के बाद ही पत्थर इतना कमज़ोर हुआ की सौवीं बार में वह टूट गया। निन्यानवे बार होश के साथ किए गए प्रहार असल में जोश के भी प्रहार थे। इसी तरह आपको उन सभी विचारों पर तब तक प्रहार करते रहना है, जब तक आपके रिश्तों की बुनियाद मज़बूत नहीं बनती।

विचारों में जोश और होश न होने की वजह से आपका मन और मस्तिष्क खंडित हो जाता है। आपका मन निरुद्देश्य होकर ऐसी बातों के बारे में सोचना शुरू करता है, जो वास्तव में सच नहीं होतीं। परिणामस्वरूप, आपके ही विचार एक-दूसरे को काट डालते हैं और आप उत्साह, ऊर्जा की अखंडता को खो देते हैं। यदि आप जोश (ऊर्जा) और होश (सजगता) के साथ अपने चेतन मन को प्रेमपूर्ण और विश्वासयुक्त विचारों के सुझाव दें तो यह सुझाव आपके अंतर्मन तक पहुँच जाएँगे। इससे आपका अंतर्मन उन विचारों पर कार्य करके आपके जीवन में स्वस्थ रिश्तों, प्रेम और विश्वास का सृजन करेगा, बशर्ते आपके विचार एक-दूसरे को न काटें।

अपनी शुभेच्छा को बल दें

अगर आप दो कदम आगे जाकर कुछ क्षण बाद दो कदम पीछे जाएँगे तो आप अपने रिश्तों को उसी जगह पर पाएँगे, जहाँ आप पहले थे। अधिकांश लोग अपने रिश्तों के साथ वैचारिक स्तर पर यही गलती कर बैठते हैं। हालाँकि वे स्वयं को बताते रहते हैं कि 'मुझे स्वस्थ, समृद्ध और प्रेम से लबालब भरे हुए रिश्ते चाहिए... मैं हर रिश्ते को विश्वास के शिखर पर ले जाना चाहता हूँ' मगर थोड़ा प्रयास करते ही उनका जोश खत्म हो जाता है।

विचारों का यह नियम भावनात्मक शक्ति से संबंधित है। विचार नियम के अनुसार किसी चीज़ का निर्माण पहले विचारों में होता है, फिर उसे हमारी भावना से बल मिलता है।

आपके कुछ विचार ऐसे होते हैं जो साकार हो चुके होते हैं लेकिन उन्हें आप तक पहुँचने में देर लगती है। वे रास्ते में ही रुक गए होते हैं क्योंकि आप उन विचारों को भावना का बल देना छोड़ देते हैं। आपको कुछ दिखाई नहीं देता कि क्या हो रहा है क्योंकि आपके लिए सब अदृश्य में होता है। जिस वजह से लोग अपने विचारों को, अपनी शुभेच्छा को बल देना बंद कर देते हैं। वे कहते हैं कि 'हमने कुछ शुभ विचार रखें मगर अब तक उसका अच्छा परिणाम नहीं मिल रहा है, कुछ तो गलत हो रहा है।' जैसे, कई माता-पिता अपने बच्चों के बारे में सोचते हैं कि 'मेरा बेटा कितना शरारती है! पता नहीं बड़ा होकर यह मुझे सँभालेगा या नहीं?' फिर विचार नियम की समझ पाकर वे बच्चों के प्रति अपने विचारों में परिवर्तन लाते हैं। जैसे, 'मेरा बेटा हर दिन, हर क्षण शांत और एकाग्र हो रहा है... हम दोनों का रिश्ता स्वस्थ है, हमारे बीच उत्तम संवादमंच है।' लेकिन जैसे ही बेटा कुछ विषयों में कम मार्क्स लाता है तो माता-पिता का विश्वास ही चला जाता है। वे धीरज खो बैठते हैं और अपनी भावना को बल देना (प्रार्थना करना) बंद कर देते हैं। नतीजन उनका बेटे के साथ जो स्वस्थ संवादमंच बन रहा था, बीच में ही रुक जाता है। इसलिए सदैव याद रखें, सकारात्मक विचारों को तब तक दोहराएँ, जब तक आपको इच्छित परिणाम प्राप्त नहीं होते।

अगर आप विचार नियम का सही पालन करेंगे तो आपके जीवन में बहुत कुछ संभव हो सकता है। जब विचार नियम की पूर्ण समझ आ जाती है तब आपके विचार अलग ढंग के हो जाते हैं। फिर आपके रिश्तों और परिवार में केवल स्वास्थ्य, समृद्धि, चुस्ती, खुशी एवं सुख ही आता है और शेखचिल्ली जैसे विचार बंद हो जाते हैं।

भौतिक नियम हों या मानसिक, वे हर क्षण हमारे जीवन में काम कर ही रहे हैं। जैसे गुरुत्वाकर्षण का नियम दिन-रात काम कर ही रहा है। उसी तरह विचार नियम आपके जीवन में लगातार काम कर ही रहे हैं। ये नियम आपके हित में काम करते हैं या आपके खिलाफ। यह समझ रखते ही आप स्वतः जाग्रत हो जाएँगे कि आप अपने रिश्तों के बारे में निश्चित तौर पर किस तरह के विचार रखेंगे।

होश और जोश में किए गए दिशायुक्त सकारात्मक विचारों का इस्तेमाल करने के दो आसान कदम हैं।

पहला कदम- स्पष्टता से और होश में सोचें। इसके लिए रिश्तों को लेकर जो भी नकारात्मक धारणाएँ आपके मन में हों, उन्हें त्याग दें। स्मरण रहे, जैसे कुछ फल ऊपर से आकर्षक दिखते हैं मगर अंदर से ज़हरीले होते हैं, वैसे ही कुछ विचारों से आपका चिपकाव हो सकता है मगर वे आपके रिश्तों में ज़हर घोल सकते हैं। इसके लिए आपको दिखावटी सत्य से दूर रहना चाहिए। दिखावटी सत्य यानी ऐसे दृश्य, जिन्हें देखकर आप दुःखी होते हैं और उन्हें ही सत्य मान लेते हैं। केवल अशांति से मुक्त होना परिवार का लक्ष्य न हो बल्कि हर रिश्ता स्वस्थ बनाकर, रिश्तों में प्रेम की संभावना खोलना परिवार का संपूर्ण लक्ष्य हो।

दूसरा कदम- अपने अंदर की हर नकारात्मक भावना को त्यागकर, आपको जो चाहिए, उसके लिए जोश के साथ-साथ होश भी रखें।

इस नियम के अनुसार आपके वे ही विचार हकीकत में बदलते हैं, जो दोहराते वक्त जोश, होश और विचारों में दिशा होती है। यदि आपको इस नियम का पूर्ण ज्ञान है तो यह आपके हित में काम करेगा। परंतु यदि आपको इसकी समझ नहीं है तो यह आपके खिलाफ भी काम करेगा। बेहोशी में दोहराए गए विचार अगर आपने जोश के साथ दोहराए तो आपके रिश्तों में नकारात्मकता का निर्माण हो सकता है। इसके विपरीत होश और जोश में किए गए सकारात्मक विचार हकीकत में बदलकर, आपके सभी रिश्ते स्वस्थ, सुंदर और शक्तिशाली बन सकते हैं।

मनन प्रश्न :

▶ मेरे जीवन में ऐसे कौन से रिश्ते हैं, जिन्हें मुझे जोश और होश के साथ और सुंदर बनाना है?

कार्ययोजना :

लिखित में मनन करें –

▶ रिश्तों के बारे में मेरे विचार एक-दूसरे को कहाँ-कहाँ काटते हैं?

▶ ऐसे कौन से रिश्ते हैं, जिन्हें लेकर मेरे मन में नकारात्मक भावनाएँ उठती हैं? और उन्हें मैं कैसे सही दिशा दे सकता हूँ।

रिश्ता	नकारात्मक भावना	दिशायुक्त विचार
माता-पिता और बच्चे	'बच्चे इतने शरारती हैं कि मेरा कुछ सुनते ही नहीं।'	अच्छे और सच्चे बच्चे हैं या वे अच्छे बन रहे हैं।
पति-पत्नी	'इसे तो मेरी कद्र ही नहीं है।'	हमारे बीच दृढ़ विश्वास और प्रेम बढ़ रहा है।
सास-बहू	'सारे फसाद की जड़ यही है।'	हमारा रिश्ता मधुर बन रहा है।
बॉस-कर्मचारी	'कामचोरी करना इनका धर्म बन चुका है।'	हम मिलकर सब कुछ हासिल कर सकते हैं।
पड़ोसी-पड़ोसी	'हम पर रोब जमाता है।'	हम आदर्श पड़ोसी बन सकते हैं।

अध्याय 4

स्वस्थ रिश्तों के लिए 'पावर हाउस'

परिवार विचार नियम - ३

एक बार गुरुजी अपने शिष्यों के साथ कहीं जा रहे थे। मार्ग में एक बड़ी चट्टान पड़ी थी। एक शिष्य ने गुरुजी से पूछा- 'गुरुदेव, क्या इस चट्टान से भी शक्तिशाली कोई चीज़ होती है?'

गुरुजी ने उत्तर दिया - 'हाँ! पत्थर से कई गुना ज़्यादा शक्ति तो लोहे में होती है इसलिए लोहा पत्थर को तोड़कर उसके टुकड़े-टुकड़े कर सकता है।'

'मगर क्या लोहे से भी कोई शक्तिशाली चीज़ है?'

'अग्नि! अग्नि लोहे के अहं को गलाकर उसे पानी जैसा बना सकती है।'

गुरुजी का जवाब सुनकर शिष्य ने फिर से पूछा- 'अग्नि की विशाल लपटों के सामने किसी का क्या चलता होगा?'

गुरुजी ने कहा - 'शिष्य, अग्नि को शक्तिहीन करनेवाली एक चीज़ उपलब्ध है। वह है, 'जल'। जल एक मात्र ऐसी चीज़ है, जो अग्नि के सारे ताप को नष्ट कर शीतलता प्रदान करती है।'

शिष्य ने कहा- 'सचमुच! बाढ़ और अतिवृष्टि (अधिक वर्षा) के कारण जन और धन की बड़ी हानि होती है। जल के रुद्रावतार के सामने सभी चीज़ें फीकी हैं।'

इस पर गुरुजी ने शिष्य को समझाते हुए कहा- 'यह भी पूर्ण सत्य नहीं है, जल से भी शक्तिशाली है- 'वायु।' वायु का प्रवाह तो जलधारा की दिशा बदलता है। संसार का हर जीव जीवित है तो सिर्फ प्राणवायु की वजह से!'

शिष्य ने फिर से एक बार अपनी शंका व्यक्त की- 'अगर वायु ही जीवन है तो इससे शक्तिशाली भला और कौन हो सकता है?'

उपरोक्त प्रश्न के जवाब में गुरुजी ने कहा- 'इस विश्व में सबसे शक्तिशाली (पावर हाउस) एक चीज़ है, जो तूफानों को थाम (रोक) सकती है, चट्टानों को छेद सकती है, लोहे को तोड़ सकती है और जल की शक्ति को भी निष्प्राण कर सकती है। वह चीज़ है- 'मनुष्य की ध्यान शक्ति'... क्योंकि मनुष्य जिस चीज़ का ध्यान करता है, वैसा वह बन जाता है।'

गुरुजी द्वारा दिया गया अंतिम जवाब परिवार में आनंद की संभावना खोलनेवाला मूल मंत्र है। क्योंकि ध्यान केंद्रित करने की शक्ति अर्थात 'पॉवर ऑफ फोकस' से संबंधित है, 'तीसरा विचार नियम' जो कहता है- **'परिवार में उस पर ध्यान दें, जो आप चाहते हैं, न कि जो आप नहीं चाहते।'**

कुदरत ने इंसान को कई शक्तियाँ प्रदान की हैं। जैसे, विचार करने की शक्ति, विवेकशक्ति, संकल्पशक्ति, प्रबल इच्छाशक्ति आदि। मगर एक शक्ति जिससे इंसान के सभी रिश्तों में नई रोशनी आ सकती है- वह है 'ध्यान केंद्रित करने की शक्ति' अर्थात 'पॉवर ऑफ फोकस'। इंसान का मन अधिकांश समय 'नकारात्मक' बातों की तरफ ही आकर्षित होता है। जैसे एक दाँत टूट जाने पर ज़ुबान दिन में कई बार वहीं पर जाती है, न कि बाकी इकत्तीस दाँतों पर। वैसे ही कई लोग बेहोशी में नकारात्मक विचारों पर चिंतन कर, उसे बढ़ा देते हैं। वे अपने रिश्तेदारों के गुणों के बजाय उनके अवगुणों पर ही अपना फोकस रखते हैं। मगर वे इस सच्चाई से अवगत नहीं हैं कि गलत चीज़ों पर रखा गया फोकस रिश्तों की मिठास को कड़वाहट में बदल देता है। जिन लोगों का फोकस रिश्तों में होनेवाले वाद-विवाद, रिश्तेदारों के अवगुण और नकारात्मक बातों पर ही होता है, वे अपने जीवन में प्रेम, विश्वास और सम्मान की अपेक्षा कैसे रख सकते हैं? क्योंकि नकारात्मक बातों पर फोकस रखकर वे नकारात्मक चीज़ों को ही उर्जा प्रदान कर रहे हैं। स्मरण रहे- जिस चीज़ का आप बार-बार वर्णन करते हैं, वह वजूद में आती ही है। इसलिए यह प्रार्थना करें-

'मैं अपने जीवन में ऐसे लोगों को देखना चाहता हूँ,

जिन्हें देखकर मुझे अपने लक्ष्य की याद आए।

जिनके संपर्क में आते ही मेरे अंदर

सच्चे प्रेम और खुशी का एहसास हो।'

यह प्रार्थना आपको तीसरे नियम वाक्य पर टिके रहने में मदद करेगी। साथ ही आपका ध्यान नकारात्मकता से भी हटाएगी। जैसे- 'यह इंसान मेरे जीवन से कब जाएगा... यह दोस्त तो मुझे बिलकुल भी पसंद नहीं करता है... मैं तो इसे देखना

ही नहीं चाहता... मैं तो इसके साथ रहना ही नहीं चाहता... मेरे साथ ही ऐसा क्यों होता है... मैंने किसी का क्या बिगाड़ा है... लोग मेरे ही पीछे क्यों पड़ते हैं... सभी को मुझसे ही प्रॉब्लम क्यों होती है... सभी मुझसे बचने की कोशिश (avoid) क्यों करते हैं...' इत्यादि।

ऐसी पंक्तियों से नकारात्मक विचारों को शक्ति मिलती है। यदि आप चाहते हैं कि विचार नियम आपके हित में काम करे तो आपको जो चाहिए, उन विचारों पर फोकस रखना शुरू करें।

जिस चीज़ पर आप ध्यान देते हैं, वहाँ पर आप खुद की मानसिक ऊर्जा केंद्रित करते हैं और जिस चीज़ पर आप ऊर्जा केंद्रित करते हैं, उसमें निरंतरता से बढ़ोतरी होती है। यह बिलकुल वैसा ही है, जैसे आप किसी पौधे को पानी देते हैं। आप जिस पौधे को पानी देते हैं, वह दिनोंदिन विकसित होने लगता है क्योंकि आप उस पौधे को पानी के रूप में ऊर्जा प्रदान करते हैं। यदि ऐसा है तो सोचकर देखें क्या आपका विचाररूपी जल आपके रिश्तों को विकसित कर रहा है?

तो आइए, आज से ही ठान लें, 'मैं अपना ध्यान हमेशा परिवार में होनेवाली अच्छाई और सच्चाई पर ही रखूँगा। मैं खुद का फोकस केवल और केवल प्रेम, आनंद, शांति, करुणा जैसी मंगल बातों पर ही रखूँगा क्योंकि अब मैं यह कुदरती विचार नियम जान चुका हूँ, **मैं जो वर्णन करता हूँ, वह वजूद में आता ही है।**'

निम्नलिखित तीन कदमों पर चलकर रिश्तों की बुनियाद मज़बूत बनाई जा सकती है।

पहला कदम : स्वयं से पूछें– 'मुझे क्या चाहिए?'

परिवार को स्वस्थ बनाने का पहला कदम है, स्वयं से एक सवाल पूछना– 'मैं फलाँ-फलाँ रिश्ते से वाकई क्या चाहता हूँ?' क्योंकि जीवन की यात्रा में इंसान नए रिश्ते तो बनाते जाता है मगर क्षणभर रुककर कभी यह नहीं सोचता कि मुझे इन रिश्तों से क्या चाहिए?

जब आप छोटे थे तब आपको स्पष्ट था कि आप हर रिश्ते से प्रेम और सुरक्षा चाहते हैं। मगर जैसे-जैसे आप बड़े होते गए, वैसे कई नकारात्मक संवाद आपको सुनने पड़े। जैसे–

आज-कल किसी से उम्मीद करना ही व्यर्थ है।

लोग तो बहुत ही धोखेबाज़ होते हैं।

किसी से प्यार की अपेक्षा ही नहीं करनी चाहिए।

आज-कल खून के रिश्ते भी दगाबाजी करते हैं।

ऐसे नकारात्मक संवादों की वजह से आप धीरे-धीरे रिश्तों और रिश्तेदारों से स्पष्टतापूर्वक उम्मीद करना भूल ही गए। अब वक्त आया है, अपने विचारों में स्पष्टता लाने का!

आइए, एक उदाहरण से इस विषय की गहराई को समझने का प्रयास करते हैं। जब एक पति से पूछा गया कि 'आप अपनी पत्नी से वाकई क्या चाहते हैं?' तब उसने जवाब दिया- 'मैं चाहता हूँ कि वह मेरी हर बात सुने।' फिर उससे पूछा गया- 'अगर पत्नी आपकी हर बात मान भी लेगी तो क्या होगा?' उसने कहा- 'हमारे बीच होनेवाले सभी वाद-विवाद खत्म हो जाएँगे।'

'अच्छा! वाद-विवाद खत्म होने से आपको क्या मिलेगा?'

'हमारे घर में शांति आएगी।'

'घर में शांति आने से क्या फर्क पड़ेगा?'

'हम अपने मन की बातें बेझिझक एक-दूसरे को बता पाएँगे। आज की तारीख में हमारे बीच कोई संवादमंच ही नहीं है।'

'घर में संवादमंच प्रस्थापित होने से क्या होगा?'

'हमारा रिश्ता प्रेम से लबालब भर जाएगा।'

'तो क्या आप अपनी पत्नी से प्रेम और आनंद इन दो बातों की अपेक्षा रखते हैं?'

'जी हाँ! अगर हमारे रिश्ते में प्रेम और शांति आएगी तो जीवन कितना आनंदमय होगा!'

'अच्छा! तो आपको पत्नी से **प्रेम, आनंद** और **शांति** चाहिए।'

ऊपर दिए गए उदाहरण पर गौर करेंगे तो हकीकत ज्ञात होगी कि इंसान अपने रिश्ते में **प्रेम, आनंद और शांति चाहता है।**

यदि यही प्रश्न आपसे पूछा जाए तो आपका मन कुछ ऊपरी-ऊपरी जवाब दे सकता है। जैसे- 'मुझे इस रिश्ते से सुरक्षा चाहिए, आदर चाहिए, पूर्णता चाहिए' या 'सामनेवाला मेरी बात माने, मुझे समझे' इत्यादि। मगर इन सभी चाहतों के पीछे

मूल चाहत केवल एक ही है— 'मुझे सभी रिश्तों में प्रेम, आनंद और शांति चाहिए।'

दूसरा कदम : उस पर फोकस रखें, जो आप चाहते हैं, न कि उस पर जो आप नहीं चाहते

अगर हमें रिश्तों में 'क्या चाहिए' यह स्पष्ट है तो अपना ध्यान सिर्फ उन्हीं बातों पर केंद्रित करें, जो आप वाकई में चाहते हैं।

आपका हर विचार खुद की विशेष तरंग तैयार करता है। जिस चीज़ से यह तरंग मैच होती है, वह चीज़ आपके जीवन में फलती है, बढ़ती है। अगर आपके विचार रूपी तरंग आनंद से मैच होते हैं तो आपके जीवन में आनंद आने ही वाला है। अगर आपके विचार रूपी तरंग शांति से मैच होते हैं तो आपका जीवन शांति से खिल उठेगा। अगर आपके विचार रूपी तरंग प्रेम के साथ मैच होते हैं तो आपके जीवन में प्यार बाँटनेवाले लोग आते हैं।

फोकस हमेशा रोशनी पर रखें, न कि अंधेरे पर... रिश्तों के प्रति मन में केवल सकारात्मकता बढ़ाएँ... वाद-विवाद, संदेह, दुविधा आदि पर फोकस न रखें। केवल उन बातों पर ध्यान दें, जो आपको खुशी देती हैं, जो आपके लिए मददगार और प्रेरक हैं। रिश्तों में होनेवाली सुंदरता की तलाश करें, न कि कुरुपता की... हमेशा अपने रिश्तेदारों की महानता पर फोकस रखें, न कि हीनता पर... निराशावाद की जगह केवल आशावाद पर फोकस रखें। ध्यान केंद्रित कर पाने की शक्ति से अपना अवचेतन मन केवल सकारात्मक विचारों से भर दें।

तीसरा कदम : रिश्तेदारों के सिर्फ गुणों पर फोकस रखें

रिश्तों में कड़वाहट आने का एक मुख्य वैचारिक कारण है, 'रिश्तेदारों के अवगुणों पर फोकस रखना।' तीसरे कदम पर आपको 'पॉवर ऑफ फोकस' का इस्तेमाल केवल दूसरों के गुणों पर ध्यान देने के लिए करना है।

खुशमिजाज और गुणवान इंसान के लिए सभी रिश्तेदार अपना द्वार खोलते हैं। ऐसे लोगों का सिर्फ स्वागत ही नहीं होता बल्कि उन्हें हर जगह खोजा जाता है। विश्व का हर इंसान चाहता है कि उसके जीवन में आनंदित रिश्तेदार हों। अगर आप हर रिश्ते में आनंद की चरमसीमा छूना चाहते हैं तो आज से अपना फोकस दूसरों के गुणों पर रखें क्योंकि जिस चीज़ पर आप ध्यान देते हैं, वैसे बन जाते हैं। अतः जब भी आपके सामने कोई आए तो उसमें होनेवाले सर्वश्रेष्ठ गुणों की तलाश करें। दिनभर में जिससे मिलें, उनके प्रति सकारात्मक नज़रिया रखें, उस इंसान के दिल की गहराई तक पहुँचे और सबके प्रति दयालुता की भावना रखें।

इसके विपरीत यदि आप दूसरों के अवगुणों पर ध्यान केंद्रित करेंगे तो आपकी देहबोली (बॉडी लैंग्वेज) भी नकारात्मक बन जाएगी। परिणामस्वरूप, सामनेवाले के सामने आपकी उपस्थिति प्रेरक और सकारात्मक नहीं रहेगी। अगर आप किसी की ऊपर-ऊपर से तारीफ करेंगे तो आपको 'शॉर्ट बेनिफिट' मिलेगा मगर जल्द ही आपका सच्चा रूप सामने आएगा। इसलिए हमेशा अंदर और बाहर से स्पष्ट रहें। जो आपके अंदर है, वही बाहर झलकता है। इसलिए अंदर केवल गुणों को प्रवेश दें और गुणवान बनने का सबसे आसान तरीका है, 'पॉवर ऑफ फोकस'।

'पॉवर ऑफ फोकस' यानी तीसरा विचार नियम अपनाने के बाद आपकी खुशी पूर्ण आत्मविश्वास से निकलेगी कि सब कुछ मेरी पहुँच में है, सब कुछ संभव है।

मनन प्रश्न :

▶ अधिकतर समय आपका फोकस कहाँ पर रहता है, रिश्तेदारों के गुणों पर या अवगुणों पर?

कार्ययोजना :

▶ अपनी डायरी या मोबाईल में वे सभी समृद्ध स्मृतियाँ, सुनहरे पल लिखें, जो आपने अपने रिश्तेदारों के साथ बिताए हैं।

▶ अपने परिवार के सदस्यों की सूची बनाकर, उन नामों के सामने उस रिश्तेदार का सबसे मुख्य गुण लिखें। ऐसा कर जब भी आप उसके सामने जाएँगे तब पहले अपना ध्यान उस मुख्य गुण पर रखें।

परिवार का सदस्य	सदस्य का मुख्य गुण
माँ	--------------
पिताजी	--------------
दादाजी	--------------
दादी	--------------
भाई	--------------
बहन	--------------
पति/पत्नी	--------------
बेटा	--------------
बेटी	--------------
अन्य	--------------

अध्याय 5

रिश्तेदार आपके रिश्तेदार नहीं

परिवार विचार नियम – ४

एक बार भगवान बुद्ध ने किसी पेड़ के नीचे आसन लगाया। उनके चारों ओर उनके सभी शिष्य बैठ गए। भगवान बुद्ध के हाथ में एक रूमाल था। उन्होंने उस रूमाल में कुछ गाँठें बाँध दी और अपने शिष्यों से पूछा- 'बताओ, पहलेवाले और अभी के रूमाल में क्या अंतर है?'

वहाँ उपस्थित भिक्षुक में से एक ने जवाब दिया- 'वैसे तो कोई ज़्यादा फर्क नहीं है। पहले भी यह रूमाल था और अभी भी यह रूमाल ही है। हाँ, अभी इसमें कुछ गाँठें दिख रही हैं। किंतु भीतर से देखा जाए तो यह एक रूमाल ही है।'

तब भगवान बुद्ध ने रहस्य खोला- 'मनुष्य का मन भी इस रूमाल की भाँति है। सूक्ष्म स्तर पर देखा जाए तो इसमें कुछ गाँठें नहीं हैं मगर अधिकांश लोग इस रूमाल की तरह हैं, जिनमें कई गाँठें लगी हुई हैं।'

एक शिष्य ने सवाल पूछा- 'ये गाँठें कैसे खुल सकती हैं?'

भगवान बुद्ध के जवाब देने से पहले, दूसरे भिक्षुक ने जवाब दिया- 'पहले हमें यह जानना होगा कि ये गाँठें बनती कैसे हैं? फिर हम इन्हें आसानी से खोल सकते हैं।'

भिक्षुक के जवाब पर हामी भरते हुए भगवान बुद्ध ने अपना कथन जारी रखा- 'तुमने ठीक कहा। जब तक हमें यह मालूम नहीं होगा कि संसार किस प्रकार के बंधनों में अटका हुआ है तब तक उन बंधनों से मुक्त होने का रास्ता कैसे मिलेगा? रोग का निदान किए बिना उपचार कैसे हो सकता है? पहले यह ढूँढ़ो कि बंधन किस चीज़ का है ताकि तुम उससे मुक्त होने का उपाय कर पाओ।'

थोड़ी देर मौन रहकर वे आगे बोले, '**यदि तकलीफ आसक्ति की वजह से है तो अनासक्त बनो। यदि तकलीफ क्रोध के कारण है तो शांति को अपनाओ। यदि**

तकलीफ रिश्तेदारों से मिल रही है तो अपने भीतर खोज करो।'

भगवान बुद्ध का दिया हुआ यह जवाब परिवार में स्वस्थ रिश्ते निर्माण करने हेतु मददगार साबित होनेवाला चौथा परिवार विचार नियम है। जो कहता है- **'दुनिया वैसी नहीं है जैसी आपको दिखती है, दुनिया वैसी है जैसे आप हैं यानी जैसे आप दुनिया के बारे में विचार रखते हैं।'**

आइए, अब समझें, रिश्तेदार आपके लिए किस प्रकार आइने का काम करते हैं।

यदि आपकी शिकायत है कि आपके रिश्तेदार आपसे प्रेम नहीं करते तो यह आपके इन विचारों का परिणाम है कि 'मेरे रिश्तेदार मुझसे प्रेम नहीं करते।'

यदि आपकी शिकायत है कि लोग आपसे बुरा व्यवहार करते हैं तो इसका अर्थ यह नहीं है कि आप लोगों से बुरा व्यवहार करते हैं। इसका अर्थ यह है कि आपने यह घटना अपने विचारों के कारण आकर्षित की है। हो सकता है आप यह दोहराते न हों कि 'लोग मुझसे रूखी बात करते हैं' परंतु कुदरत आपकी ही मान्यताओं को, जो विचारों से बनी हैं, कई गुना बढ़ाकर आपको लौटाती है।

यदि आप सोचते हैं कि 'पड़ोसी के पास सब कुछ भरपूर है, बढ़िया नौकरी, सुखी-समृद्ध परिवार... मेरे पास कितना कम है' तो यकीनन आप हमेशा अभाव में ही जीएँगे।

इसलिए हमें एक ही तरीका अपनाना होगा, यदि तकलीफ परिवार, पड़ोसी, पुलिस, पॉलिटीशियन या प्रोड्यूसर की वजह से है तो पहले अपने भीतर खोज कर, अपनी शिकायत दूर करें।

संसार एक परदा है, जिस पर आप अपने मानसिक गुणों, अनसुलझे भावों और कमियों को प्रोजेक्ट करते हैं। इसमें आपको वही विश्व दिखाई देता है, जो वास्तव में आपके विचारों द्वारा प्रकट हुआ है। लोग, स्थितियाँ, मौसम, चीज़ें- हर वह चीज़ जिसका आप अनुभव करते हैं, आपकी अनुभूति द्वारा ही आकार लेती है। दरअसल वे उन चीज़ों का प्रक्षेपण हैं, जो आपके अंतर्मन की गहराई में मौजूद हैं। मिसाल के तौर पर यदि आपकी सबसे बड़ी शिकायत यह है कि 'मेरा फलाँ-फलाँ रिश्तेदार गैरज़िम्मेदार है' तो इसका मतलब यह हो सकता है कि कहीं न कहीं मानसिक या सामाजिक स्तर पर आप खुद गैरज़िम्मेदार हैं। चूँकि आपके अंतर्मन में ज़िम्मेदारी के अभाव का मुद्दा है इसलिए आप अपनी शिकायत का प्रक्षेपण करते हुए यह सोचते या कहते हैं कि फलाँ रिश्तेदार ज़िम्मेदार नहीं हैं।

हकीकत में आपके रिश्तेदार, रिश्तेदार नहीं बल्कि आपका ही आइना (प्रतिबिंब) हैं। अगर आपको लगता है, 'फलाँ रिश्तेदार मुझे समझकर नहीं लेता' तो इसका अर्थ यह है कि आप स्वयं को समझ नहीं रहे हैं। अगर आपका रिश्तेदार आपसे बार-बार कुछ उम्मीदें रखकर, आपको परेशान कर रहा है तो इसका मतलब है कि कहीं पर आप स्वयं से ही सही उम्मीद नहीं कर रहे हैं। बात केवल ईमानदारी से मनन करने की है।

कई पैरंट्स को लगता है कि बच्चे बहुत शरारती हैं, उनके जीवन में बिलकुल भी अनुशासन नहीं है। ऐसे में पैरंट्स को ईमानदारी के साथ इस बात पर मनन करना चाहिए कि 'ये सभी पहलू कहीं मेरे अंदर तो नहीं हैं? मेरे उलझनभरे विचारों की वजह से आज तक मेरा कितना नुकसान हुआ है? क्या मेरे जीवन में अनुशासन है? बच्चे पढ़ाई करें इसलिए मैं उन पर चिखता-चिल्लाता हूँ। इसका अर्थ मेरा खुद पर नियंत्रण नहीं है। मैं पढ़ाई के वक्त बच्चों के साथ बैठने के बजाय टी.वी. के सामने बैठ जाता हूँ यानी मैं भी कहाँ अनुशासित हूँ? हालाँकि बच्चे तो मेरा ही दर्पण हैं, उनकी वजह से मुझे खुद की खामियाँ पता चलीं।'

इस प्रकार मनन करने से आपको साफ-साफ पता चलेगा कि आपके बच्चे आपका दर्पण हैं। हालाँकि उनकी वजह से आपको स्वयं के बारे में जानकारी प्राप्त हो रही है।

अब सवाल यह उठता है कि क्या हम अपने परिवार से कोई उम्मीद ही न रखें? क्या हम उन्हें कोई सुझाव भी न दें? चौथा विचार नियम यह बिलकुल नहीं कहता कि हमें रिश्तेदारों को सुझाव नहीं देने चाहिए बल्कि यह नियम कहता है- जो बदलाव आप अपने परिवार में देखना चाहते हैं, उसे पहले अपने विचारों में लाएँ। साथ ही उन सभी खामियों को अपने भीतर ढूँढ़ें और उन पर कार्य शुरू करें, जो आपको परिवार में दिखाई देती हैं। ऐसा कर बदलाव की शुरुआत पहले आपमें होगी, उसके बाद परिवार के सदस्य भी बदलना शुरू होंगे।

यदि आप साबुन से कपड़े धोना चाहते हैं तो सबसे पहले आपको उस पर लगा रैपर हटाकर साबुन को बाहर निकालना होगा। इसी तरह रिश्तों की उच्चतम संभावना खोलने के लिए आपको दुःखों और दोषों की रैपर हटाकर, उनमें से खुद को बाहर निकालना होगा। इसके लिए दूसरों के दोषों पर ध्यान केंद्रित करना छोड़, खुद को बेहतर बनाएँ। यह एहसास करें कि आप जो सामनेवाले में देख रहे हैं और जो भी आपको परेशान कर रहा है, वह वास्तव में आपका खुद का प्रतिबिंब है।

एक शिकायती स्वभाव की महिला अपने रिश्तेदारों से बहुत परेशान रहती

थी। उसके घर के सामने सुमन नामक महिला कपड़े सुखाती थी। शिकायती महिला हर रोज़ अपने घर की खिड़की से सुमन के धोए कपड़ों पर टिप्पणी करती ... 'क्या औरत है यह? इसे तो ठीक से कपड़े भी धोने नहीं आते... घर कैसे साफ रखती होगी। देखो, कितने दाग हैं इन कपड़ों पर! कैसी हाउस वाइफ है यह? आज तक मैंने इसका एक भी कपड़ा साफ-सुथरा नहीं देखा।'

एक दिन शिकायती महिला ने अपने पूरे घर की सफाई की। जब उसने घर की सारी खिड़कियाँ साफ कर दी तब वह खड़े-खड़े आश्चर्य करने लगी। क्योंकि उसे सुमन के द्वारा धोए कपड़े बिलकुल साफ नज़र आए और अपने शिकायत पर शर्म भी आई। अब आप समझ चुके होंगे कि दाग सुमन के कपड़ों पर नहीं, उस महिला के घर की खिड़कियों पर थे।

यह सिर्फ बाहरी उदाहरण नहीं बल्कि हम सभी के जीवन की कहानी है। हमें अपने परिवार के सदस्यों की कई बातें नकारात्मक लगती हैं मगर क्या हमने अपने खुद के विचारों की खिड़कियाँ साफ की हैं? या हम सिर्फ दूसरों को दोष देने में व्यस्त रहते हैं? अब वक्त आया है कि हमें अपने मन की बड़बड़ सुनकर नकारात्मकता को आकर्षित करना है या खुद की खिड़कियाँ (दृष्टिकोण) साफ करके, परिवार में प्रेम, आनंद, शांति को आमंत्रित करना है।

रिश्तेदार, आपका साझेदार

समझो, आप क्रिकेट खेलना चाहते हैं और उसमें आपको बॅटिंग (बल्लेबाजी) करना बहुत पसंद है। ज़ाहिर सी बात है बॅटिंग करने के लिए एक बॉलर की ज़रूरत होती है। कोई आपके लिए बॉलिंग (गेंदबाजी) करेगा तो ही आप बॅटिंग कर पाएँगे। कई बार आपने यह देखा होगा बॉलर न होने पर कुछ बच्चे अपने परिवार के सदस्यों से कहते हैं- 'प्लिज, तुम मेरे लिए बॉलिंग करो न!' प्रेम की खातिर सामनेवाला मान जाता है। इस खेल में आप मुख्य खिलाड़ी हुए और रिश्तेदार आपका 'साझेदार' हुआ।

जीवन के खेल में भी आपको साझेदारी की ज़रूरत होती है। इसी लिए आपको अलग-अलग रिश्ते दिए गए हैं। जहाँ पर कोई आपके जीवन में बॉलर की भूमिका निभा रहा है तो कोई विकेट कीपर की। कोई एम्पायर की भूमिका में है तो कोई फिल्डर की। हालाँकि इन सभी रिश्तों का मूल उद्देश्य था, जीवनरूपी खेल में आपका साथ देना, आनंद लेना। मगर अज्ञानवश इंसान शिकायतें करता रहता है, 'फलाँ रिश्तेदार मुझसे सही बरताव नहीं कर रहा है... यह तो मेरी बात कभी नहीं मानता... इसे तो मेरे भावनाओं की कोई कद्र ही नहीं है...।' लेकिन अब आप जान

चुके हैं कि ये सभी रिश्तेदार वास्तव में आपके साझेदार हैं। इतना ही नहीं बल्कि ये आपका ही आइना हैं।

कहने का तात्पर्य- पिताजी हो या बेटा, पति-पत्नी, बॉस-कर्मचारी, सास-बहू आदि सभी एक-दूसरे के साझेदार हैं। जीवन में वे किसी विशेष उद्देश्य से जुड़े हैं। एक-दूसरे को पूर्ण बनाने के लिए ही इन सभी रिश्तों का निर्माण हुआ है। आज आपके जीवन में जो भी लोग आए हैं, वे आपको कुछ सबक सिखाने आए हैं।

यह दुनिया एक दर्पण है, यह समझने के बाद आप दूसरों के दोषों पर ध्यान केंद्रित करना छोड़ दें। इससे आपको इस बात पर ध्यान केंद्रित करने में मदद मिलेगी कि आप अपने जीवन में कैसा सृजन करना चाहते हैं? आज के बाद आपको रिश्तों में कोई चीज़ गलत दिखे तो तुरंत अपने भीतर के विचार बदलकर, कुदरत में सही विचार बोएँ। जो कई गुना बढ़कर आपकी ही दुनिया में लौटकर आनंद और शांति फैलाएँगे!

मनन प्रश्न :

▶ रिश्तेदारों के प्रति मेरे मन में किस प्रकार की शिकायत उठती है? क्या वह शिकायत मैं स्वयं के भीतर देख पाता हूँ?

कार्ययोजना :

▶ अपने परिवार के सदस्यों की एक सूची बनाकर, उनके बारे में आनेवाले आपके विचार दर्ज करें। अंतिम स्तंभ में आपकी आंतरिक खोज लिखें-

रिश्तेदार	रिश्तेदार के प्रति विचार	अपने भीतर खोज
१. पति	'यह मुझे कभी समय नहीं देते।'	'मैं खुद को कहाँ-कहाँ पर समय नहीं देती- जैसे व्यायाम, ध्यान, पठन आदि करना।
२. ---	------------------	------------------
३. ---	------------------	------------------
४. ---	------------------	------------------
५. ---	------------------	------------------

परिवार के लिए विचार नियम - 47

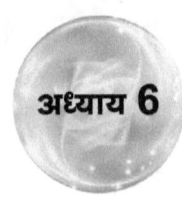

अध्याय 6 परिवार में प्रेम, आनंद, शांति की संभावनाएँ भरपूर हैं

परिवार विचार नियम – ५

एक लकड़हारा जंगल से लकड़ियाँ काटकर उन्हें गाँव में बेचता था। उसी से उसके परिवार का भरण-पोषण होता था। मगर कुछ दिनों से उसके मन में एक भावना जाग्रत हुई थी, 'इस जंगल में बस कुछ ही लकड़ियाँ बची हैं। मेरे परिवार की आजीविका चलाने के लिए इस जंगल की लकड़ियाँ बहुत ही कम हैं।' एक दिन लकड़हारा परेशान होकर ईश्वर को पुकारने लगा। उसकी प्रार्थना सुनकर ईश्वर प्रसन्न हुए–

'बोलो, लकड़हारे आप मुझसे क्या चाहते हो?' ईश्वर ने पूछा।

लकड़हारे ने अपनी चिंता व्यक्त करते हुए कहा– 'हे भगवन, इस जंगल में अब बहुत ही कम पेड़ बचे हैं, इसी कारण मैं चिंतित हूँ। भविष्य में मैं अपनी आजीविका कैसे पूरी कर पाऊँगा?'

लकड़हारे के इस सवाल पर ईश्वर बोले– 'इस जंगल में पेड़ कम हैं, यह तुम्हारा भ्रम है। इस जंगल में तो सब चीज़ें भरपूर मात्रा में उपलब्ध हैं।'

'मगर मुझे तो यहाँ सिर्फ कुछ ही पेड़-पौधे दिखाई दे रहे हैं।' लकड़हारे ने अपने मन में आई आशंका बताई।

इस शंका का समाधान करने हेतु ईश्वर बोले, 'तुम जंगल के और अंदर चले जाओ। जैसे-जैसे तुम इस जंगल के अंदर जाओगे, वैसे-वैसे तुम्हें अपनी समस्या का समाधान मिलते जाएगा।'

लकड़हारे ने सोचा, मैं हर रोज़ जंगल में नाले तक ही जाता हूँ। अब मैं उससे भी आगे जाने का प्रयास करूँगा। लकड़हारा नाले को पार करके आगे बढ़ता गया और एक जगह पर सुंदर महक के कारण रुक गया। ध्यान से देखने के बाद उसे

पता चला कि इस जंगल में कई चंदन के वृक्ष हैं। अतः जंगल के मध्य में होने के कारण लकड़हारा उनसे महरूम रह गया था। चंदन की लकड़ियाँ बेचकर उसे भरपूर दाम मिला। उस दिन लकड़हारा बहुत ही प्रसन्न था। जब वह खुशी के भाव में रात को सो गया तब ईश्वर ने सपने में आकर उसे एक संकेत दिया, 'इतने अल्पसंतुष्ट मत बनो, जंगल के और भीतर जाओ।'

ईश्वर द्वारा सपने में मिला संकेत लकड़हारे ने पकड़ लिया। दूसरे दिन वह उस जंगल के और अंदर गया। एक जगह पर उसे ताँबे की एक खदान मिली। अब लकड़हारा पहले से ज़्यादा अमीर बन गया। तीसरे दिन वह जंगल के और अंदर गया। उसे एक जगह चाँदी की खदान मिली। उसने उनमें से ढेर सारी चाँदी निकालकर बेची। इस तरह यह सिलसिला चलता ही रहा। अंत में उसे सोने और हीरे की खदान भी मिली। अब लकड़हारा सिर्फ धन से ही नहीं बल्कि मन से भी अमीर बन गया था। क्योंकि जिस जंगल को देखकर उसके मन में अभाव की भावना जगी थी, उसी जंगल में उसे प्रचुरता का भी अनुभव हुआ।

हमारा परिवार भी उसी जंगल की तरह है, जिसमें हमें प्रेम और विश्वास का अभाव महसूस होता है। मगर जैसे-जैसे हम इस जंगल के भीतर जाने लगते हैं, वैसे-वैसे हमें एक चीज़ का अनुभव होता है– 'सब भरपूर है... परिवार में प्रेम, आनंद, शांति, खुलने-खिलने की संभावनाएँ, ज्ञान, अच्छे लोग, सफलता, गुण, भक्ति, शक्ति और स्वास्थ्य... सब भरपूर हैं।'

कुदरत में हर चीज़ भरपूर मात्रा में उपलब्ध है और जब बात आपके परिवार की हो तब तो यह नियम १०१ टका सत्य है क्योंकि आपके परिवार में प्रेम, विश्वास, आनंद, स्वस्थ संवाद और कृतज्ञता की अनंत संभावनाएँ हैं... ऐसी सभी चीज़ें आपके परिवार में लबालब भरी हुई हैं। इसी से संबंधित है पाँचवाँ विचार नियम, जो कहता है– परिवार में प्रेम, आनंद और शांति की संभावनाएँ भरपूर हैं।

ईश्वर ने आज आपको 86,400 सेकंडों का उपहार दिया है मगर क्या आपने उसे धन्यवाद देने के लिए एक सेकंड का इस्तेमाल किया है? ज़रा गौर करें कि आपको हर दिन हज़ारों सेकंड्स की दौलत प्राप्त होती है। मगर कई बार इंसान इस दौलत के प्रति एहसानमंद होने के बजाय 'समय कम है... पैसे कम हैं, अच्छे लोग नहीं हैं' आदि नकारात्मक पंक्ति दोहराता रहता है। हालाँकि कुदरत में सिर्फ समय, पैसे या अच्छे लोग ही नहीं बल्कि हर चीज़ प्रचुरता में उपलब्ध है।

इंसान का मन हमेशा अभाव के प्रभाव में जीता है यानी 'मेरे पास यह नहीं है,

वह नहीं है। मुझे और थोड़ा मिलना चाहिए था, इतने में मेरा क्या होगा? मेरे परिवार में तो प्रेम की कमी है।' ऐसे डायलॉग्ज़ (स्वसंवाद) बोल-बोलकर कई लोग 'नहीं... नहीं है' के भाव में जीते हैं। जबकि कुदरत में हर चीज़ भरपूर है। हमें कुदरत की इस शक्ति को पहचानने की समझ प्राप्त करनी चाहिए। ज़रा सोचिए, समुंदर में अनगिनत प्राणी होते हैं, कितनी सारी वनस्पतियाँ, पेड़-पौधे होते हैं मगर सभी जीव-जंतु और प्राणियों की ज़रूरतें उसी समुंदर में पूरी होती हैं। कहने का अर्थ है- जो समुंदर में रहनेवाले सूक्ष्म जीव-जंतु की ज़रूरतों को पूर्ण कर सकता है, वह हमारे परिवार की ज़रूरतों का भी खयाल रखता है।

कुदरत में हर पल अनगिनत फूल खिल रहे हैं, असंख्य फल, पौधे और अनाज तैयार हो रहे हैं। अगर आप आज 'मैरीगोल्ड' (गेंदे के) फूल का एक बीज बोएँगे तो आपको कुछ ही महिनों में सेकड़ों फूल खिलते हुए दिखाई देंगे।और हर फूल में सेकड़ों बीज उपलब्ध होते हैं, यह तो आप जानते ही हैं।

कुदरत का करिश्मा बड़ा अजीब है क्योंकि 'प्रचुरता' कुदरत का स्वभाव है। क्या आपको मालूम है- प्रत्यक्ष दिखनेवाले इस ब्रह्मांड में अरबों आकाश गंगाएँ हैं। आकाश गंगाओं के अलावा इसमें और भी पदार्थ (matter) हैं, जो आज वर्तमान में सैद्धांतिक रूप से पृथ्वी से देखे जा सकते हैं। क्या कभी आप समुंदर का पानी नाप सकते हैं? क्या आप कुदरत में होनेवाली आयुर्वेदिक जड़ी-बुटियाँ गिन सकते हैं? क्या आप ऐसे फूल गिन सकते हैं, जिनके अर्क कई बीमारियों के इलाज़ में उपयुक्त सिद्ध होते हैं? क्या आप सूरज की रोशनी कितनी ऊर्जा उत्सर्जित करती है, यह नाप सकते हैं? नहीं न! क्योंकि सूरज तो ऊर्जा का स्रोत है। सूरज यानी ऊर्जा का ऐसा असीम भंडार, जो इंसान के बुद्धि के पार है। इंसान भी कुदरत का ही हिस्सा है। इसलिए वास्तव में हर इंसान प्रेम का स्रोत है। सोचें, समुंदर से एक बाल्टी पानी निकालने से क्या पानी कम होता है? सूरज भी निरंतरता से प्रकाश ऊर्जा देने का कार्य कर रहा है। मगर क्या कभी सूरज को ऊर्जा की कमी महसूस होती है? नहीं न! वैसे ही हमारे अंदर भी प्रेम का असीम भंडार है।

कुदरत की हर रचना और व्यवस्था 'भरपूरता' इस तत्त्व के साथ ताल-मेल रखती है। अब सवाल यह बचता है कि अगर कुदरत में हर चीज़ भरपूर मात्रा में उपलब्ध है तो परिवार में आनंद और प्रेम की कमी क्यों दिखाई देती है? इसका कारण है- एक प्राकृतिक विचार नियम के प्रति होनेवाला अज्ञान। वह नियम है, 'सब कुछ भरपूर है।'

अकसर लोग एक बात भूल जाते हैं कि वे भी कुदरत का ही हिस्सा हैं। इसी

कारण वे कई बार स्वयं को कुदरत (मदर-नेचर, ब्रह्मांड) से अलग समझते हैं। हकीकत तो यह है कि हम भी कुदरत का ही करिश्मा हैं इसलिए हमारे अंदर भी वह तत्त्व कार्यरत है, जो कुदरत में है। कुदरत में जिस तरह सूरज प्रकाश का स्रोत है, उसी तरह हम भी प्रेम, आनंद और शांति जैसे दिव्य गुणों के स्रोत हैं। फिर भी हम यह सत्य भूल जाते हैं। परिणामस्वरूप, हमें परिवार में इन गुणों का दर्शन नहीं होता। अब वक्त आया है इस परिवाररूपी जंगल के भीतर जाने का... जैसे-जैसे आप भीतर जाएँगे, वैसे-वैसे आपको अनगिनत कीमती चीज़ें प्राप्त होंगी... प्रेमरूपी चंदन से आपके जीवन में महक आएगी, आनंदरूपी सोना आपका परिवार सजाएगा और शांति के मोती परिवार को साक्षात् स्वर्ग बनाएँगे। बस ज़रूरत है, प्रचुरता के भाव में रहने की!

परिवार में प्रेम की संभावनाएँ खोलें

हर इंसान के जीवन में जैसी कुछ सुखद घटनाएँ होती हैं, वैसी ही कुछ पीड़ादायक, दुःखद घटनाएँ भी होती हैं। अधिकतर लोगों का फोकस दुःखद घटनाओं पर ही होता है। मानो, किसी इंसान का भूतकाल में उसके दोस्त के साथ कोई मनमुटाव हुआ हो तो वह घंटों-घंटों उस घटना पर सोचता रहता है। जैसे, 'मेरे साथ ही ऐसा क्यों हुआ... फलाँ रिश्तेदार ने तो मेरा दिल ही तोड़ दिया... मुझसे ऐसी गलती क्यों हुई... मुझे मेरे दोस्त के साथ ऐसा बरताव नहीं करना चाहिए था... उस इंसान को मैंने अपने सगे भाई जैसा प्यार दिया और बदले में उसने मुझे ही अपमानित किया!' ऐसी सभी दुःखद यादों को कहा जाता है, जख्मी स्मृतियाँ (पुअर मेमरीज)। इन्हीं के क़ारण हमारे परिवार में अविश्वास, निराशा और गलत अनुमानों का कबाड़ जमा रहता है। परिवार में कड़वाहट आने का एक मुख्य कारण है, 'जख्मी स्मृतियों' पर ज़रूरत से ज़्यादा ध्यान देना।

अतः जब भी हमारे जीवन में कुछ नकारात्मक घटनाएँ घटती हैं तब समझ यह रखें कि ये घटनाएँ हमें कुछ सबक सिखाने आई हैं। आज से ही यह ठान लें कि 'जब भी भूतकाल की दुःखद यादें मुझे परेशान करें तब मैं अपना फोकस केवल सबक पर रखूँगा।' जो यह कला सीख पाता है, वह हर रिश्ता स्वस्थ बना सकता है। वरना जख्मी स्मृतियों में अटका हुआ इंसान वर्तमान के सुंदर क्षण का आनंद नहीं ले पाता। इसी कारण उसे परिवार में प्रचुरता का अनुभव भी नहीं आता है। इसलिए अपना फोकस केवल 'समृद्ध स्मृतियों' पर ही रखें।

'समृद्ध स्मृतियाँ' यानी आपने अपने रिश्तेदारों के साथ बिताए हुए सुनहरे पल, गोल्डन मोमेन्ट्स... ऐसी यादें, जो आपको खुशी का एहसास दिलाती हैं। ऐसे

यादगार पल, जिन्हें याद करते ही आप रोमांच से भर जाते हैं... आप पूर्णता की भावना महसूस करते हैं और आपके अंदर विश्वास जाग्रत होता है।

प्रचुरता पर ध्यान केंद्रित करने से आपके चेहरे पर हँसी खिलती है... हृदय में प्रसन्नता का भाव निर्माण होता है। आपको लगता है, जैसे आपके इर्द-गिर्द होनेवाली दुनिया जश्न मना रही है।

परिवार में प्रचुरता का अनुभव करने हेतु आप नीचे दिया हुआ प्रयोग कर सकते हैं-

इस प्रयोग में आँखें बंद करने से पूर्व इसे पूरी तरह पढ़कर, समझ लें। फिर अपनी आँखें बंद करके ध्यान की चुनिंदा मुद्रा में बैठें।

- याद कीजिए वे दिन जब आप बहुत छोटे थे तब आपका हर रिश्ता कैसा था? यकीनन उसमें लचीलापन, ढेर सारा प्यार, प्रशंसा, सुरक्षा, खुशी की भावना और शुद्धता थी। उस 'समृद्ध स्मृति' को दिल से महसूस करें।
- उन यादगार पलों को अपनी आँखों के सामने लाएँ, जब आपके लिए किसी बड़ी पार्टी का आयोजन किया गया था। आपकी बर्थ-डे पार्टी... जहाँ आपके लिए फूलों की माला से, रोशनी से हॉल को सजाया गया था... उसे देखकर आपका चेहरा खिल उठा था... आपका पूरा परिवार, मम्मी-पापा, भाई-बहन, मामा, चाचा, दोस्त सभी आपकी सराहना कर रहे थे... आपको गिफ्ट्स दे रहे थे। उस वक्त आपके मन में जो खुशी का भाव था, उसे महसूस करें।
- उन सुनहरे दृश्यों को याद करें, जब आप अपने परिवार के साथ प्राकृतिक सुंदरता का आनंद ले रहे थे। सूरज की रोशनी, हवा का झोंका और नीला खुला आसमाँ... ऐसे बेहद सुंदर वातावरण में आप समुंदर के किनारे खेल रहे थे। परिवार के सभी सदस्यों का साथ पाकर आप बेहद खुश थे। उसी खुशी को आज फिर से महसूस करें।
- उस क्षण का पूर्ण रूप से दर्शन करें, जब आप अपने जीवनसाथी के साथ बेहद खुश थे। एक-दूसरे के साथ आप पूर्णता का एहसास कर रहे थे। जैसे-
  - ✻ अपना खुद का घर लेना...
  - ✻ नन्हे बच्चे का परिवार में आगमन होना...
  - ✻ आपके बच्चे का पहला जन्मदिन...

* आपके परिवार को आनंदित कर देनेवाली खुशखबर
* किसी दिन अचानक से मनचाहे मेहमान का आना...
* आपकी आँखों में आए हुए खुशी के आँसू...
* आपके परिवार के सदस्य की कोई बड़ी उपलब्धि (अँचिवमेंट)...

यह सूची यहीं पर खत्म नहीं होती। आपके जीवन में ऐसे कई सुनहरे पल हैं, जो आपने अपने रिश्तेदारों, परिवार, मित्र, सगे-संबंधियों के साथ मनाए हैं, यही आपकी 'समृद्ध स्मृतियाँ' हैं। ये स्मृतियाँ आपको एहसास दिलाएँगी कि वाकई परिवार में प्रेम, आनंद, शांति जैसी सकारात्मक बातें भरपूर हैं।

मनन प्रश्न :

- मेरे परिवार में ऐसी कौन सी बातें हैं जो भरपूर उपलब्ध हैं?
- मेरे परिवार में ऐसी कौन सी बातें और अधिक मात्रा में होनी चाहिए?

कार्ययोजना :

- जब भी आपको परिवार में प्रेम की कमी महसूस हो तब प्रस्तुत अध्याय में दिया हुआ प्रयोग करके, अपनी 'समृद्ध स्मृतियों' पर ध्यान केंद्रित करें ताकि ये पल और बढ़ें।
- आपको अपने परिवार में जो भी चाहिए- गुण, ध्यान, समृद्धि, प्रेम, विश्वास, आनंद आदि सभी को देना शुरू करें और विश्वास रखें देने से ही बढ़ता है।

अध्याय 7

दूसरों के विचार और आपका परिवार

परिवार विचार नियम - ६

सुबह दस बजे रोहन ऑफिस जाने के लिए निकला। रास्ते में उसे उसका एक नज़दीकी रिश्तेदार मिल गया। आज बहुत दिनों के बाद उन दोनों की मुलाकात हुई थी। जैसे ही वह रिश्तेदार रोहन से मिला, उसने बातों ही बातों में उसके सगे भाई के बारे में कुछ नकारात्मक बातें बतानी शुरू की।

'रोहन, क्या तुम्हें मालूम है तुम्हारा छोटा भाई पीठ पीछे तुम्हारी कितनी बुराई करता है! मुझे वह उसकी पत्नी के साथ परसो ही मिला था। मैंने तुम्हारे बारे में कुछ पूछा भी नहीं, फिर भी उसने तुम्हारे बारे में शिकायतें करनी शुरू कर दी। मैं जानता हूँ कि तुमने अपने भाई के लिए कितना कुछ किया है! अगर मैं तुम्हारी जगह होता तो उसे मुँहतोड़ जवाब देता।' वह रिश्तेदार रोहन को उसके भाई के बारे में भड़का रहा था।

रोहन ने उस रिश्तेदार की बातें सुन ली और कुछ देर के बाद उसे नकारात्मक विचारों ने घेर लिया। 'मैंने अपने भाई के लिए क्या-क्या नहीं किया? मगर फिर भी वह मेरे बारे में लोगों को भड़का रहा है! वह मेरे प्रति ऐसा सोच भी कैसे सकता है! अगली बार वह जब भी मेरे सामने आएगा तब मैं उसे इस बात का मुँहतोड़ जवाब दूँगा।' रोहन के मन में अपने भाई के प्रति बहुत बुरे खयाल आने लगे।

उस दिन से जब भी वह अपने भाई से मिलता, उसकी बॉडी लैंग्वेज नकारात्मक रहती। वह अपने भाई से न ठीक से बात करता और न ही उसके मुश्किल हालातों में उसे सहारा देता। रोहन के ऐसे बरताव के कारण उसका छोटा भाई परेशान हो गया। रोहन का यह गलत व्यवहार उससे बरदाश्त नहीं हो रहा था। एक दिन उसने रोहन से उसके इस कटु व्यवहार का कारण पूछा तो रोहन बहुत ही क्रोधित होकर बात करने लगा। जैसे ही रोहन ने उस रिश्तेदार की बताई हुई बातें अपने भाई को

बताई, वैसे ही सत्य उन दोनों के सामने आने लगा।

वास्तविकता तो यह थी कि उस रिश्तेदार ने दो भाइयों के बीच में गलतफहमियों का ज़हर डालने की कोशिश की थी। अब रोहन को समझा कि किसी दूसरे इंसान के विचारों का ज़हर मैं क्यों निगल रहा हूँ? जिस चीज़ को मैं सत्य समझ रहा था, वह तो मेरा भ्रम था। उस दिन से रोहन ने निश्चय किया कि वह दूसरों के विचारों का असर अपने परिवार पर बिलकुल नहीं होने देगा। यही है छठवाँ विचार नियम, जो कहता है–

दूसरों के विचारों का असर आपके परिवार पर तब तक नहीं हो सकता, जब तक आप उसे होने नहीं देते।

दुनिया में कुछ ऐसे लोग हैं जो हमारे जीवन में मंथरा का किरदार निभाते हैं। वे हमारे बारे में दूसरों के कान भरते हैं और हमारे कान दूसरों के बारे में भरने का काम करते हैं। ऐसे लोगों के प्रति यदि हम द्वेष या नफरत जैसी भावनाएँ रखते हैं, उन्हें डाँटते-फटकारते हैं तो इससे हमारे अंदर नफरत ही बढ़ती है। इसलिए ऐसे लोगों के प्रति सजग ज़रूर रहना चाहिए। इन लोगों को पहचानकर, अपने परिवार को इनसे सुरक्षित रखना चाहिए। इस बात को एक उदाहरण से समझें।

किसी इंसान के घर में बहुत मच्छर हो गए। वह इस बात से परेशान हुआ, दुःख मनाने लगा, मच्छरों को गालियाँ देने लगा, उन्हें नफरत से मारने लगा। ऐसा करने के बजाय यदि वह मच्छरदानी लगा देता तो उसका परिवार अपने आप मच्छरों से सुरक्षित रहता और उसे नफरत और मच्छरों के डंक की इतनी पीड़ा भी न सहनी पड़ती।

ठीक इसी तरह अपने परिवार को गलत लोगों से सुरक्षित ज़रूर रखें। परिवार की सुरक्षा के लिए जो संभव हो वह अवश्य करें परंतु बिना हिंसा और द्वेष के। इसलिए आपको सिर्फ छठवाँ विचार नियम कंठस्थ करना है–

दूसरों के विचारों का असर मेरे परिवार पर तब तक नहीं हो सकता, जब तक मैं उसे होने नहीं देता।

हम ऐसी दुनिया में रहते हैं, जहाँ अधिकांश लोग विचारों के विज्ञान से, 'विचार नियम' से अपरिचित हैं। इसलिए वे अज्ञानवश कुछ न कुछ नकारात्मक बातें दोहराते रहते हैं। ज़रा गौर करें, आपके संपर्क में आनेवाले लोगों के भाव, विचार, वाणी और क्रिया में रिश्तेदारों के प्रति कैसी अनास्था होती है। जैसे– 'रिश्तेदार तो

सिर्फ मुँह पर मीठी बाते करते हैं मगर पीछे से वार करते ही रहते हैं। आज-कल खून के रिश्ते भी किसी काम नहीं आते हैं। मेरे परिवार में तो कभी शांति आ ही नहीं सकती। आज-कल सगा भाई भी जान लेने के लिए आगे-पीछे नहीं देखता। कई बार अपने ही परिवार के सदस्य दगाबाज़ी करते हैं।'

हालाँकि लोगों के नकारात्मक सुझावों की यह सूची खत्म होनेवाली नहीं है क्योंकि अज्ञान और बेहोशी में लोगों द्वारा कई नकारात्मक बातें दोहराई जाती हैं। परिणामस्वरूप, उन्हें उनके परिवार में प्रेम, आनंद और विश्वास की कमी महसूस होती है क्योंकि जब विचार अंतर्मन तक पहुँचते हैं तब वे मस्तिष्क की कोशिकाओं पर अपनी छाप छोड़ देते हैं। मानो, किसी ने आपसे कहा, 'आज-कल आपका बड़ा भाई आपकी सहायता नहीं करता। वह तो सिर्फ अपनी ही तरक्की में दिलचस्पी रखता है।' अब निर्णय आपका है कि इस विचार का असर आप स्वयं पर होने देंगे या नहीं। अगर आप इस विचार पर बार-बार सोचने लगते हैं तो ऐसा करके आप वास्तव में अपने और भाई के बीच होनेवाली दूरी बढ़ा रहे हैं मगर सामनेवाले इंसान का नकारात्मक सुझाव सुनकर आप सजग हुए होते तो शायद आप कह पाते- 'हो सकता है मेरा भाई अपनी तरक्की में दिलचस्पी रखता है ... मगर मैं तो इस बात से खुश हूँ... मेरे अंदर तो भाई के प्रति प्रेम, सम्मान और विश्वास की ही भावना है।'

स्मरण रहे, विचारों में थोड़ा बदलाव लाने से आपके परिवार में खुशी की बहार आ सकती है मगर अधिकांश लोग अपने नकारात्मक विचारों को रोक नहीं पाते। दूसरों के विचारों से वे इतने प्रभावित हो जाते हैं कि शंका, तुलना और अविश्वास की आग में उनका परिवार जलने लगता है। इसलिए छठवाँ विचार नियम आज ही अपने मन में पक्का बिठाएँ।

किसी भी दूसरे इंसान के विचारों का आप पर असर नहीं होता। अगर आपके साथ रहनेवाला इंसान कुछ गलत सोच रहा है तो आप पर उसके विचारों का सीधा असर नहीं होता लेकिन अप्रत्यक्ष असर अवश्य होता है, जिससे आपको बचना चाहिए।

सभी जानते हैं श्रीराम को वनवास भेजने के लिए कैकेयी को मंथरा ने प्रेरित किया था। मंथरा ने शुभचिंतक बनकर, अपनी मीठी-मीठी बातों और तर्कों से कैकेयी की बुद्धि पलट दी। उसने कैकेयी को सत्य के रास्ते से हटाकर, परिवार को दुःख और पछतावे की खाई में ढकेल दिया।

इसे केवल एक प्रसंग न मानकर, यदि हम अपने रिश्तों को परखें तो उनमें भी

कहीं न कहीं मंथरा दिखाई दे सकती है। मंथरा वह है, जिसकी बातें सुनकर इंसान का मन थरथराने लगता है। इंसान अपनों पर भरोसा नहीं कर पाता। उसकी सही-गलत में फर्क करने की विवेक शक्ति समाप्त हो जाती है। यदि आप गौर करेंगे तो आपको समाज में तथा अपने आस-पास भी ऐसे कुछ लोग दिखाई देंगे, जो बड़ी कुशलता से 'मंथरा' की भूमिका निभा रहे हैं। ऐसी आज के मंथराओं की पहचान होनी बहुत ज़रूरी है ताकि फिर किसी मंथरा की बातों में फँसकर कोई कैकेयी अपने राम (प्रेम) पर से विश्वास न खोए।

आइए, कुछ उदाहरणों से समझते हैं कि कितने प्रकार की मंथराएँ आपके आस-पास घूमकर, आपको अपने शुभचिंतकों से दूर करने की ताक में हैं और आपको पता भी नहीं।

मंथरा टाईप के लोग किसी ऐसे इंसान के बारे में, जो वहाँ उपस्थित नहीं है, झूठ बोलकर दूसरों के दिमाग में उनके लिए ज़हर पैदा करते हैं ताकि बाद में उन लोगों के बीच मनमुटाव हो, झगड़े हों। वे यह काम इतनी खूबसूरती से करते हैं कि सुननेवाला उनकी बातों में ठीक ऐसे ही बह जाता है, जैसे कैकेयी मंथरा की बातों में आकर उसी की बात मानने लगी।

उदाहरण के लिए कोई आपको झूठ कहता है कि 'देखो, फलाँ इंसान तुम्हारे बारे में ऐसा-ऐसा गलत बोल रहा था। मगर अब तुम उससे इस बारे में कुछ मत पूछना वरना हमारे झगड़े हो जाएँगे।' आप सामनेवाले से पूछकर पक्का ही नहीं कर पाते और अनुमान में फँस जाते हैं कि 'यकीनन उसने ऐसा ही कहा होगा।' इस तरह रिश्तों में दरार आने लगती है। ऐसे वक्त आपको बहुत ही सजग रहना चाहिए।

मान लें, आपके साथ रहनेवाला इंसान नकारात्मक विचारक है। ऐसे में उसकी नकारात्मक सोच का असर आप पर तब तक नहीं होगा, जब तक आप होश में हैं। ऐसे इंसान को यदि आप अपनी गाड़ी पर पीछे बिठाकर ले जा रहे हैं और वह पीछे बैठकर लगातार नकारात्मक बातें बोल रहा है कि 'अरे! आज-कल बहुत एक्सीडेंट होते हैं... फलाँ जगह यह एक्सीडेंट हो गया... वहाँ यह हादसा हो गया' तब भी आपका संतुलन नहीं बिगड़ेगा। मगर अगर आप भी बेहोशी में वही बातें सोचने लग गए तो यकीनन आपकी ओर एक्सीडेंट आकर्षित होने लगेगा। क्योंकि आपका मस्तिष्क एक रिकॉर्डिंग मशीन है। आप लोगों के जिन विचारों को स्वीकार करते हैं, वे सभी आपके अंतर्मन पर अपनी छाप छोड़ते ही हैं इसलिए हमेश सचेत रहें और स्वयं को यह सूत्र याद दिलाएँ कि 'लोगों के नकारात्मक विचारों का असर मुझ पर या मेरे परिवार पर तब तक नहीं होता है, जब तक मैं उसकी अनुमति नहीं देता हूँ।'

कुछ लोग आपकी तारीफ कर-करके आपके अहंकार की पुष्टि करेंगे, 'अरे! तुम कितना बढ़िया काम कर रहे हो... तुम्हारे जितना त्याग और परिश्रम कोई नहीं कर सकता... तुम्हारी वजह से ही तो तुम्हारा घर चल रहा है... तुम नहीं होते तो यह घर चलता ही नहीं... फिर भी किसी को तुम्हारी कदर नहीं है' आदि।

यदि किसी मंथरा को फलाँ इंसान से उसके ही परिवार के सदस्य का झगड़ा करवाना है तो वे कहेंगे- 'अरे! तुम्हें श्रेय (क्रेडिट) मिलना चाहिए मगर तुम्हारे बजाय फलाँ को श्रेय मिल रहा है... वह क्या काम करता है? कुछ भी तो नहीं।' इस तरह लोग इतने आत्मविश्वास से और मीठी ज़ुबान में बोलते हैं कि उनकी चिकनी-चुपड़ी बातों में आकर इंसान का अहंकार बढ़ने लगता है। वह बोलता है- 'हाँ-हाँ तुम सही कह रहे हो... वाकई मैंने तो यह भी किया... वह भी किया...' यानी वह इंसान मंथरा की बातों में आ गया और अपनों को खोने के रास्ते पर निकल पड़ा।

कुछ लोगों के अंदर किसी कारणवश गुस्सा भरा होता है। वे गुस्से और नफरत की वजह से दूसरों के बीच झगड़े करवाते हैं। ऐसे लोगों में अंदर नफरतभरा गुस्सा होता है और बाहर मीठी ज़ुबान काम करती है, जो सामनेवाले की तारीफ कर-करके पहले उसके अहंकार को उठाती है। फिर वे उसका शुभचिंतक बनने का नाटक करते हैं। उसे गलत सलाह देकर, उसके ही हाथों उसका नुकसान कराते हैं। ऐसा करके वे खुशी और संतुष्टि महसूस करते हैं। जैसे जब अंग्रेजों ने देखा कि आखिरकार उन्हें भारत छोड़कर जाना ही पड़ रहा है तो उन्होंने अपनी नफरत में हिंदू और मुस्लिम दोनों कौमों के साथ मीठा बनकर, भारत का विभाजन करवाया। ऐसी मंथरा यदि आपके आस-पास है तो सावधान रहें, वह आपके घर का बँटवारा भी करवा सकती है।

क्या कभी आपने सोचा है कि कैकेयी अगर मंथरा की बातों में नहीं आती तो क्या होता? फिर मंथरा अपने उद्देश्य की पूर्ति के लिए अति पर उतर आती। वह कैकेयी को धमकी देती, ब्लैकमेल करती, झूठ बोलकर गलतफहमियाँ फैलाती। जब ऐसे लोगों की मंशा सीधी तरह से पूरी नहीं होती तो वे टेढ़े रास्ते अपनाते हैं। मंथरा को टेढ़े रास्ते अपनाने की ज़रूरत ही नहीं पड़ी क्योंकि कैकेयी सहजता से उसकी बातों में आ गई। हालाँकि वह श्रीराम से बहुत प्यार करती थी, फिर भी उसका श्रीराम पर से विश्वास उठ गया।

ऐसी कोई मंथरा आपके आस-पास हो तो उसे समय से पहले ही पहचानें वरना वह आपका बहुत नुकसान कर सकती है। अगर आप लोगों के नकारात्मक, निराशाजनक सुझाव बार-बार सुनकर, उनके प्रभाव में आ जाते हैं तो आपका जीवन

जीता-जागता नर्क भी बन सकता है।

अकसर यह देखा गया है कि दूसरों की नकारात्मक बातों के बहकावे में आकर कई लोग अपने ही परिवार के सदस्यों पर शंका करते हैं। कई पति-पत्नियों में सिर्फ दूसरों के विचारों में फँसकर झगड़े होते हैं। ऐसे परिवारों में बातें तलाक तक भी पहुँच जाती हैं।

स्मरण रहे, आपका परिवार किसी नकारात्मक विचारक के हाथों की कठपुतली नहीं है। आपको अपनी राह खुद चुननी चाहिए... ऐसी राह जो आपके परिवार में स्वस्थ संवादमंच लाए, आपका हर रिश्ता प्रेम, आनंद और शांति की तरफ ले जाए। मगर आश्चर्य की बात यह है कि वह राह आपके अंदर से ही शुरू होती है। इसलिए अपने परिवार की ज़िम्मेदारी अपने ही हाथों में रखें, न कि नकारात्मक सुझाव देनेवाले लोगों के हाथों में। आपके परिवार का सुख किसी दूसरे के विचार पर नहीं बल्कि सिर्फ आपके विचारों पर निर्भर है।

मनन प्रश्न :

▶ 'आज की तारीख में दूसरों के विचारों का नकारात्मक असर मेरे पारिवारिक रिश्तों पर कितना हो रहा है?'

कार्ययोजना :

▶ अगर कोई इंसान या रिश्तेदार आपके परिवार में द्वेष, नफरत फैलाने की कोशिश करे तो परिवार के सभी सदस्य मिलकर स्वस्थ संवादमंच बनाएँ और ठान लें कि दूसरों के विचारों का नकारात्मक असर हम अपने परिवार पर नहीं होने देंगे।

अध्याय 8
सुखी परिवार का राज़
परिवार विचार नियम - ७

कल्पना करें, आप इस पृथ्वी पर अकेले हैं। न आपका कोई परिवार है और न ही कोई रिश्तेदार या मित्र। आप इस पृथ्वी पर रहनेवाले एक मात्र व्यक्ति होंगे तो आपका जीवन कैसा होगा? क्या आपमें कुछ भी करने की इच्छा शेष रहेगी? नहीं। क्योंकि आप जो भी करेंगे उसे जानने, देखने, परखनेवाला, उसकी तारीफ करने या उस पर टिप्पणी करनेवाला कोई नहीं होगा। यदि आप चित्रकार हैं तो आप चित्र (पेंटिंग) बनाना कम पसंद करेंगे क्योंकि उसे देखने के लिए कोई होगा नहीं। यदि आप संगीतकार हैं तो आप संगीत का सृजन भी नहीं करेंगे क्योंकि उसे सुनने के लिए कोई नहीं रहेगा। आप किसी दूसरी जगह पर जाना नहीं चाहेंगे क्योंकि वह स्थल आपको उदासी और बोरियत का अनुभव कराएगा। इस तरह गिनती करते जाएँगे तो यह सूची बढ़ती जाएगी। जिससे अंततः यही स्पष्ट होगा कि आपके जीवन में प्रेम, आनंद, आश्चर्य, सराहना... आदि कुछ नहीं रहेगा। आपका जीवन नीरस हो जाएगा।

खैर यह तो एक काल्पनिक प्रयोग है, जिसके जरिए हमें अपने परिवार का महत्त्व पता चलता है। अतः आज आप जिस भी परिवार में जन्में हों, इसे ईश्वर का अमूल्य वरदान समझें, जो आपको भेंट स्वरूप मिला है।

जी हाँ परिवार ही वह वजह है, जिसके कारण आपको जीवन में प्रेम, आनंद, शांति और जीने का उद्देश्य मिलता है। मगर अब सवाल यह है कि क्या हर परिवार इस उद्देश्य को पूर्ण कर पाता है? कुछ ही गिने-चुने परिवार प्रेम की ऊँचाइयों को छू पाते हैं, आनंद की लहरों पर सवारी कर, असीम शांति का अनुभव कर पाते हैं। अधिकांश परिवार अपनी पूर्ण संभावनाओं से महरूम रह जाते हैं क्योंकि उन्हें 'अखंड परिवार का राज़' मालूम नहीं होता। जिसके लिए आपको जानना होगा, सातवाँ विचार नियम। जो कहता है-

परिवार की उच्चतम संभावनाएँ खोलने के लिए अपने भाव, विचार, वाणी और क्रिया में एकरूपता लाएँ।

यकीन मानिए, आपके परिवार में प्रेम, आनंद, शांति, समृद्धि, संतुष्टि, रचनात्मकता और सुसंवाद की अनंत संभावनाएँ हैं। हर परिवार में पूरे विश्व को दिशा देने की, विश्व में मिसाल बनकर, मोह को बेशर्त प्रेम में बदलने की शत-प्रतिशत संभावनाएँ हैं। यह संभावनाएँ तब खुलती हैं जब परिवार में अखंडता आती है। यानी परिवार के हर सदस्य के भाव, विचार, वाणी और क्रिया में एकरूपता आती है।

कभी-कभी परिवार में काम करते वक्त कुछ लोग व्यक्तिगत महत्वाकांक्षा की खातिर कुछ कार्य अन्य सदस्यों से छिपाकर करते हैं। वे चाहते हैं कि उस कार्य (प्रोजेक्ट) के लिए उन्हें ही श्रेय मिले। ऐसे समय में ये लोग कहते कुछ हैं और करते कुछ और ही हैं। उनके इस व्यवहार से परिवार में अनेक परेशानियाँ उत्पन्न होती हैं।

इसके विपरीत यदि परिवार के सभी लोग कपटमुक्त और अखंड हैं तो लोगों का छिप-छिपाकर, गुप्त रूप से कार्य करना बंद हो जाता है। लोग जैसे बाहर से होते हैं, वैसे ही अंदर से हो जाते हैं। कपटमुक्त होने से लोगों को डर लगना बंद हो जाता है कि 'मेरे बारे में कोई बुरा तो नहीं सोचेगा, मेरे काम में कोई रुकावट तो नहीं डालेगा या कोई मेरी हँसी तो नहीं उड़ाएगा।'

तो आइए, कपटमुक्तता से संबंधित अपने आपसे कुछ सवाल पूछें, जो आपको इस विषय पर नई दृष्टि देंगे।

- आप दुनिया से विदा लेने से पहले कितने रिश्तों के साथ कपटमुक्त हो पाएँगे?
- लोग आपसे कपटमुक्त बात करें, ऐसा आपने उनके साथ क्या किया है?
- आप परिवार के लिए ऐसा क्या करते हैं, जिससे परिवार का आप पर विश्वास हो?
- क्या लोग आपको बेशर्त प्रेम दे पाते हैं?
- क्या लोग आपको अपने दिल की बात बता पाते हैं?

इन सभी सवालों के जवाब पाने के लिए सबसे पहले यह समझें कि किसी भी रिश्ते के बनने या बिगड़ने के पीछे कई पहलू होते हैं, जबकि हम सिर्फ एक या दो पहलू ही देख पाते हैं। खुद को जानकर ही अपने दृष्टिकोण में बदलाव लाया जा सकता है। भाव, विचार, वाणी और क्रिया में एकरूपता लाकर ही आप परिवार को स्वर्ग बना पाएँगे।

जो इंसान परिवार में भाव, विचार, वाणी और क्रिया से एक हो जाता है, वह यह कह सकता है कि 'मैं कपटमुक्त होकर जीना चाहता हूँ, यह मेरा लक्ष्य है, कृपया मुझे इस लक्ष्य पर पहुँचने में मदद करें। मैं कोई भी कार्य गुप्त रूप से नहीं करना चाहता हूँ, मेरी किताब खुली है, खुली रहे।' ऐसे लोग सभी रिश्तों में बहुत खुलकर सामने आते हैं और लोगों द्वारा पसंद भी किए जाते हैं।

जितनी जल्दी आप रिश्तों में कपटमुक्त हो जाएँगे, उतनी जल्दी आप यह कह पाएँगे कि 'अब हमें यह याद रखने की ज़रूरत नहीं है कि कब हमने किसे क्या बताया है और आगे उसे क्या बताऊँ?' इस तरह आप झूठ के दुश्चक्र से बच जाएँगे। वरना एक झूठ को छिपाने के लिए हज़ार झूठ बोलने पड़ सकते हैं।

आइए, अब भाव, विचार, वाणी और क्रिया के हर स्तर उठाने योग्य कदम समझते हैं–

भाव :

विचार नियम यह कहता है कि आपको अपने परिवार में जो चाहिए, सिर्फ वही भाव अपने मन में रखें । अगर आप परिवार में प्रेम चाहते हैं तो अपने मन में प्रेम का अनुभव करें क्योंकि जो भाव आपके अंदर है, उसका ही परिणाम आपके परिवार में दिखाई देगा। अगर आपके मन में क्रोध के भाव पनप रहे हैं तो आप परिवार में प्रेम की उम्मीद कैसे कर सकते हैं?

परिवार में आप जो निर्माण करना चाहते हैं, उसके प्रति अपनी भावनाओं को सदा जाँचते रहें। अगर भावनाएँ नकारात्मक हैं तो उन्हें तुरंत बदलने की कोशिश करें। हमारी भावनाएँ हमें इस बात का फीडबैक देती हैं कि हम सही रास्ते पर हैं या नहीं, हम सही दिशा में जा रहे हैं या नहीं। कुदरत के इस तरीके का हमेशा लाभ लें। हमेशा प्रेम, आनंद, शांति, संतुष्टि, दया, करुणा जैसी भावनाओं पर ही अपना ध्यान केंद्रित करें क्योंकि जैसा भाव वैसा परिणाम!

भाव यानी तरंग। हर भाव स्वयं की एक तरंग तैयार करता है। जिस चीज़ से यह तरंग मिलती-जुलती है, वह आपके जीवन में आती है। ज़रा गौर करें, आज की तारीख में आपके परिवार में प्रेम की बहार है या नफरत, द्वेष का माहौल? अगर आपके परिवार में द्वेष, ईर्ष्या, नफरत जैसी नकारात्मक बातें हैं तो इसका साफ-साफ मतलब है कि आपके अंदर भी यही नकारात्मक भावनाएँ पनप रही हैं। हालाँकि विचार नियम कहता है कोई आपके सामने क्रोध कर रहा है तो इसका मतलब है आपके भाव नकारात्मक हो चुके हैं। आपके नकारात्मक भाव और सामनेवाले

का क्रोध, इन दो तरंगों का ताल-मेल बैठता है। परिणामस्वरूप, ऐसे परिवार में नकारात्मक घटनाएँ घटती हैं।

स्मरण रहे, सिर्फ वही भाव अपनाएँ जो आप अपने परिवार में देखना चाहते हैं। अगर आज की तारीख में आपको परिवार में क्रोध का दर्शन हो रहा है तो स्वयं के अंदर प्रेमभाव लाएँ। नफरत की जगह करुणाभाव, अशांति की जगह मौनभाव, दुःख की जगह खुशी का भाव लाएँ। आंतरिक भाव बदलने से परिवार के सदस्य भी खुद में बदलाव लाना शुरू करेंगे क्योंकि अब आपकी तरंग बदल चुकी है। फलतः आपके परिवार की तरंग भी ज़रूर बदलेगी।

सिर्फ भाव सकारात्मक रखने से आपके पारिवारिक संबंध समृद्ध होते हैं। परिणामस्वरूप आपके हर रिश्ते में खुशी और अच्छी चीज़ों का बहाव शुरू होता है। आपका स्वभाव इस वक्त चाहे जैसा भी हो, केवल सकारात्मक भाव अपनाने से आपको परिवार में अधिक धैर्य, समझ, करुणा और दयालुता का अनुभव होगा।

विचार :

विचारों का विज्ञान कहता है कि आपको परिवार में जो चाहिए सिर्फ वही विचार दोहराएँ। पिछली सदी में एक बड़ा रहस्य प्रकट हुआ है, वह यह कि हमारा अंतर्मन हर विचार को एक आदेश की तरह ग्रहण करता है। वह हर विचार को सच मान लेता है।

मान लीजिए, आप परिवार में शांति की प्रार्थना कर रहे हैं और कुछ ही दिनों में आपके घर में वाद-विवाद की घटना हुई। ऐसे में लोग तुरंत नकारात्मक विचारों की पुनरावृत्ति करने लगते हैं- 'मुझे लगा ही था कि मेरे घर में कभी शांति आ ही नहीं सकती... मेरी बीवी कभी सुधरनेवाली नहीं है... बच्चे इतने बिगड़े हैं कि शैतानों जैसी हरकतें करते रहते हैं।' आपने तुरंत नकारात्मक विचारों की पुनरावृत्ति की मगर आप यह बात नहीं जानते कि आपने अपने अंतर्मन को यह बताकर अनर्थ कर दिया है। इसके बाद होगा यह कि अंतर्मन आपके जीवन की सारी घटनाओं की छानबीन करके, आपके सामने तसवीरें पेश करके, यह साबित कर देगा कि आपके परिवार में वाकई शांति नहीं आ सकती। फिर वह इस बात पर विश्वास कर लेगा कि आपके रिश्तेदार प्यार के लायक नहीं हैं। इसके बाद अंतर्मन आपके माध्यम से ऐसे काम ज़्यादा करवाएगा, जिनसे आपका परिवार अशांत और दुःखी रहेगा। यही अंतर्मन की शक्ति है, यही विचार और कल्पना की शक्ति है।

इसलिए अपने विचारों में स्पष्टता रखें। स्वयं से पूछें- 'मेरे परिवार में मुझे

क्या चाहिए?' कई बार इंसान 'मुझे क्या नहीं चाहिए' इसी बारे में ज़्यादा सोचता है। जैसे 'कहीं मेरे परिवार में वाद-विवाद तो नहीं होगा... मुझे परिवार में झगड़े नहीं चाहिए... मुझे क्रोध और नफरत का सामना न करना पड़े... मेरा परिवार टूट न जाए...' आदि। इस तरह इंसान के विचारों में हमेशा 'क्या नहीं चाहिए' इस बात पर ही फोकस रहता है। परिणामस्वरूप, उसके परिवार में दुःखदायक, नकारात्मक बातें ही आकर्षित होते हैं। जिससे बचने और परिवार में अखंडता लाने हेतु आप विचारों का विज्ञान हर सदस्य को बताएँ, जो कहता है- **'सिर्फ वही सोचें, जो आप चाहते हैं।'** कुदरत को स्पष्ट आदेश दें- 'मैं अपने परिवार में प्रेम, आनंद, शांति चाहता हूँ।' अगर मन में कोई नकारात्मक विचार आए तो उसे तुरंत सकारात्मक विचारों में परिवर्तित करें।

समझें, आपका रिश्तेदार किसी सफर पर गया है और आपके मन में 'शायद उसका एक्सीडेंट तो नहीं होगा' ऐसे नकारात्मक विचार आएँ तो तुरंत अपने विचारों की दिशा बदलें, 'मेरे रिश्तेदार की यात्रा सहज, सरल और सुरक्षित है।' अगर आपको 'मेरा परिवार टूट न जाए' ऐसा विचार सता रहा है तो उसे तुरंत बदलें, 'मेरा परिवार अखंड और अभेद्य है।'

वाणी :

जिन लोगों को रिश्तों के तनाव से मुक्त होना है, उन्हें पहले यह प्रण लेना चाहिए कि 'किसी भी परिस्थिति में चाहे कुछ भी हो जाए, मैं गलत शब्दों का इस्तेमाल नहीं करूँगा।' इसी के साथ यह भी प्रण लेना चाहिए कि 'मैं किसी और की बुराई नहीं करूँगा।'

याद रहे आपकी गाली, ताने और अपशब्दों का सामनेवाले पर गहरा असर होता है। क्योंकि जैसे आपके भाव और विचारों की तरंग होती है, वैसे ही आपके शब्द अपनी तरंग रखते हैं। यह तरंग परिवार को स्वर्ग भी बना सकते हैं या नर्क भी! शब्दों का असर इंसान के अंतर्मन पर होता है क्योंकि शब्दों के माध्यम से हम रिश्तेदारों तक अपने भाव और विचार पहुँचाते हैं।

परेशानी में इंसान ऐसे कुछ शब्द बोल देता है, जिससे सामनेवाले को गुस्सा आता है और वह कहता है, 'मैं तो केवल उससे पूछ रहा था कि वह नाराज़ तो नहीं है मगर उसने ऐसे शब्द बोल दिए जैसे मैं उसे गाली दे रहा हूँ। अब मैं उससे कुछ नहीं पूछूँगा, उसे अच्छा प्रतिसाद नहीं दूँगा, अब मैं उसका कोई काम नहीं करूँगा।' इस तरह पहले ही आपके कामों में देरी हो रही थी, ऊपर से रिश्तेदारों को भी आपने

भला-बुरा कह दिया तो वे आपका काम नहीं करते। इससे आपका तनाव और बढ़ने लगता है। अब तनाव और परेशानी का यह दुश्चक्र चलता रहता है।

यदि आप इस दुश्चक्र से बाहर आना चाहते हैं तो यह प्रण करें कि 'मुझे थर्ड पर्सन टॉक नहीं करना है यानी जो इंसान उपस्थित नहीं है, उसके बारे में गलत शब्द नहीं बोलने हैं, किसी भी हालत में उसकी बुराई या शिकायत नहीं करनी है। अगर किसी और के बारे में बात करनी ही है तो अच्छी बात करनी है।'

क्रिया :

एक दिन घर में भाई-भाई का खेल-कूद में झगड़ा चल रहा था। उनका झगड़ा हँसी-मज़ाक से शुरू होकर कुछ ही देर बाद वास्तविकता में बदल गया। जब पिताजी को यह ध्यान में आया तो उन्होंने तुरंत बड़े बेटे को तमाचा मारा और ज़ोर-ज़ोर से चिल्लाते हुए कहा- 'कितनी बार तुम्हें बताया कि अपनी उम्र से छोटे बच्चों पर हाथ नहीं उठाते, न ही उन पर चिल्लाना चाहिए। हर बार मुझे यही बात तुम्हें समझानी पड़ती है।'

इस उदाहरण पर थोड़ा गौर करें। पिताजी के भाव तो बड़े अच्छे हैं मगर क्या उनके भाव, विचार, वाणी और क्रिया में एकरूपता है? बिलकुल भी नहीं। असल में वे बड़े बच्चे को समझा रहे हैं कि अपनों से उम्र में छोटे पर कभी हाथ नहीं उठाना चाहिए और न ही उन पर चिल्लाना चाहिए। मगर पिताजी जो बात कह रहे हैं, उसके विपरीत उनकी ऐक्शन है। अब बड़ा बच्चा सोच रहा है, 'पिताजी भी मुझसे कितने बड़े हैं मगर वे भी तो मुझ पर हाथ उठा रहे हैं और कितना ज़ोर-ज़ोर से चिल्ला रहे हैं!'

अकसर इंसान से यही गलती हो जाती है। उसके भाव तो अच्छे होते हैं मगर उसका अपने विचारों पर नियंत्रण नहीं होता। उसके मुँह से निकलनेवाले शब्द और उसके द्वारा होनेवाली क्रियाएँ भी विपरीत होती हैं। परिणामस्वरूप परिवार में अखंडता नहीं आती।

आपके भाव, विचार और शब्द कितने भी सकारात्मक क्यों न हों, वे तब तक परिणामकारक साबित नहीं होंगे, जब तक क्रिया में नहीं उतरते। इसलिए अपने भाव, विचार और शब्दों के अनुरूप अपना बरताव यानी क्रिया रखें। अगर आपके परिवार का सदस्य प्रेम की माँग समय के माध्यम से कर रहा है तो उसे निरंतरता से कुछ (क्वॉलिटी) समय ज़रूर दें। अगर वह स्पर्श की भाषा अच्छी तरीके से समझता है तो उसके शरीर पर प्यार से हाथ घुमाएँ। किसी को उपहार मिलने पर प्रेम महसूस

होता है तो उसे बीच-बीच में गिफ्ट्स भी देते रहें क्योंकि गिफ्ट तो सिर्फ आपके भाव और विचार व्यक्त करने का एक ज़रिया है। कुछ रिश्तेदार आपसे 'आय लव यू... थैंक यू फॉर बिइंग इन माय लाइफ' जैसे शब्द सुनना चाहेंगे क्योंकि वे शब्दों को ज़्यादा महत्त्व देते हैं।

आपके मन में उठनेवाले विचारों के पीछे आपके भावों की ताकत होती है। यह ताकत पाकर ही कोई विचार रूप लेना शुरू करता है। जब कोई विचार पुख्ता हो जाता है तब उसका असर आपकी वाणी और क्रिया पर दिखने लगता है। आपकी बातचीत और क्रिया से ही यह तय होता है कि अब आपका परिवार खंडित बननेवाला है या अखंड। यहाँ पर सवाल यह उठता है कि आखिरकार विचारों का मूल स्रोत (ओरिजिनल सोर्स) क्या है? अगर आप एक बार मूल स्रोत को जान जाएँ तो फिर यह गड़बड़ी उसी जगह से ठीक की जा सकती है, जहाँ से यह शुरू होती है। आपके विचारों का स्रोत है चैतन्य और इस तक पहुँचने के लिए आपको इन पाँचों की गुत्थी को सुलझाना होगा।

चैतन्य (स्रोत), विचारों का निर्माण, भाव का प्रभाव, वाणी का असर और व्यवहार का फल, ये पाँचों चीज़ें आपस में जुड़ी हुई हैं। इनका सही इस्तेमाल करने के लिए सातवाँ सूत्र अपने जीवन में अपनाएँ, उसे जल्द अंजाम देने के लिए अपने भाव, विचार, वाणी और क्रिया में एकरूपता लाएँ।

मनन प्रश्न :

▶ परिवार में मेरे भाव, विचार, वाणी और क्रिया कितने अखंड रहते हैं?

कार्ययोजना :

परिवार से संबंधित नकारात्मक विचार, भाव, वाणी और क्रियाओं को इस तरह सकारात्मक बनाएँ –

विचारों में परिवर्तन :

नकारात्मक विचार– 'मेरा परिवार कभी सुखी, आनंदित जीवन नहीं जी सकता, मुसीबतें हमेशा इनके सिर पर सवार रहती हैं।'

सकारात्मक विचार– 'परिवार में कभी खुशी, कभी ज़्यादा खुशी का माहौल

रहता है, मुसीबतें आती भी हैं तो दरवाज़े से ही लौट जाती हैं।'

भाव में परिवर्तन :

नकारात्मक भाव– 'मैं इसे सबक सिखाऊँगा।' (बदला लेने की भावना)

सकारात्मक भाव– 'मैं बदला लेने के बजाय स्वयं को बदलूँगा, खुद के अंदर प्रेम भाव महसूस करूँगा।'

वाणी में परिवर्तन :

नकारात्मक वाणी– 'मेरा परिवार टूट न जाए'।

सकारात्मक वाणी– 'मेरा परिवार अखंड रहे।'

क्रिया में परिवर्तन :

नकारात्मक क्रिया– वाद-विवाद की स्थिति में प्रतिसाद देते वक्त जल्दबाज़ी करना।

सकारात्मक क्रिया– वाद-विवाद की स्थिति उत्पन्न होते ही स्वयं से कहें, 'मैं जल्दबाज़ी में कोई प्रतिसाद नहीं दूँगा। मैं कुछ घंटों बाद ही यह समस्या सुलझाऊँगा।' (प्रतिसाद देने में जल्दबाज़ी न करना यह सकारात्मक क्रिया है)

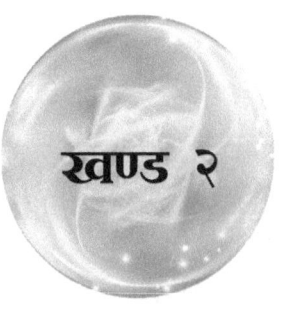

खण्ड २

पारिवारिक समाधान के 7 उपाय

विश्व में जब एक परिवार द्वारा आनंद की संभावना खुलेगी, बढ़ेगी तो उसकी तरंगें सारे ब्रह्मांड में हर तरफ पहुँचेंगी। तब विश्व एक सुंदर परिवार होगा !

अध्याय 9 : महाअनुवाद संवाद

पहला उपाय

एक गाँव में दो मंदिर थे, जहाँ गाँव के लोगों की शादियाँ होती थीं। कुछ सालों बाद लोगों को समझ में आया कि दोनों में से एक मंदिर ऐसा है, जहाँ पर हुई सभी शादियाँ असफल रही हैं। सभी शादियाँ तलाक में बदल चुकी हैं। इस बात का एहसास होने पर गाँववालों ने उन लोगों की खोज शुरू की, जिनका तलाक हुआ था। तलाकशुदा लोगों से पूछा गया कि 'तलाक का पहला विचार उन्हें कब और किस घटना के कारण आया?' लोगों ने अपने-अपने तलाक के लिए कई तरह की घटनाएँ और कारण बताए।

खोज करते-करते आखिर में पता चला कि जब भी शादी के दौरान दूल्हे को सेहरा बाँधा गया, उसी समय उसके दिमाग में पहली बार तलाक का विचार आया यानी सेहरे में ही गड़बड़ी थी। लोगों ने उसका यह हल निकाला कि अब जब भी किसी की शादी हो तो सेहरा बाँधने की दिशा बदल दी जाए यानी सेहरे को नए ढंग से पहनाया जाए। ऐसा करने के बाद लोगों ने पाया कि तलाक होने बंद हो गए। मतलब सेहरे की दिशा बदली तो वह दशहरा (रावण रूपी विचारों का वध) हो गया। जबकि इसके पहले सेहरा बाँधते समय दूल्हे के मन में रावण जैसे विचार आते थे। सेहरा पहनते ही उन्हें लगता था- 'जिस लड़की से मेरी शादी हो रही है, वह तो काली है... बाराती ही ज़्यादा सुंदर हैं... दहेज में भी कुछ खास नहीं मिला है... लड़की का फलाँ रिश्तेदार तो बदमाश लगता है' वगैरह-वगैरह। लेकिन जब सेहरे की दिशा बदल दी गई तो सब बदल गया। यहाँ सेहरा इंसान के तोलूमन का प्रतीक है, जो हमेशा तुलना करके अपने जीवन में दुःख आमंत्रित करता है।

इस उदाहरण से यह समझ मिलती है कि जब भी आपके मन में कोई नकारात्मक विचार आए तो तुरंत आपको उसका अनुवाद करना है। अनुवाद यानी

ट्रान्सलेशन। नकारात्मक विचारों का तुरंत अनुवाद करके अपने अंदर की भावना बदलने का अर्थ है– आपने महानुवाद कर लिया है। यदि आप महाअनुवाद करना सीख गए तो आपको जीवन की घटनाओं से दु:ख होना बंद हो जाएगा। अब सवाल यह है कि किस तरह के विचार का कैसा अनुवाद होना चाहिए? तो आइए, इसे विस्तार से समझते हैं।

महाअनुवाद और विचार नियम

जो लोग कंप्यूटर जानते हैं, उन्हें पता है कि टाइपिंग के दौरान जब कोई शब्द गलत हो जाता है तो क्या होता है? शब्द के नीचे लाल रंग की रेखा खिंच जाती है, जिसका अर्थ होता है शब्द को जाँचने की ज़रूरत है। आपको भी बिलकुल ऐसा ही करना है। जब भी आपके मन में अपने पारिवारिक सदस्य के प्रति नकारात्मक विचार आए तब उस विचार की जाँच कर तुरंत उसका अनुवाद करें, इसी को कहते हैं, 'महाअनुवाद।' नकारात्मक विचार का यदि महाअनुवाद न किया जाए तो उस विचार के बाद दु:खद भावना आती है। जबकि महाअनुवाद के साथ आपके विचारों में सजगता यानी होश जगता है।

प्रस्तुत पुस्तक में हमने दूसरा विचार नियम समझा है, जो कहता है– **'होश और जोश में किए गए दिशायुक्त सकारात्मक विचारों से ही रिश्ते स्वस्थ, समृद्ध बनते हैं।'** अतः महाअनुवाद आपके विचारों में जोश, होश और सकारात्मकता ला रहा है, जिसकी वजह से परिवार में मिठास आएगी। यदि आपने दु:खों के विचारों का सही अनुवाद किया तो तुरंत आपको सकारात्मक भावना महसूस होगी, जो इस बात की ओर इशारा करती है कि आपका अनुवाद बिलकुल सही हुआ है।

जैसे उस मंदिर में शादी के दौरान किसी दूल्हे के मन में विचार आया कि 'लड़की बहुत काली है' तो इसका महाअनुवाद होगा, 'लड़की काली है लेकिन दिलवाली है।' ऐसा अनुवाद करने से तुरंत उस दूल्हे को अच्छा महसूस होगा, सकारात्मक भावना आएगी। जो इस बात का प्रतीक है कि नकारात्मक पंक्ति का सही अनुवाद किया गया है। यदि सकारात्मक एहसास न हो तो इसका अर्थ है कि अनुवाद सही नहीं हुआ है। असल में परिवार के हर सदस्य को महाअनुवाद की कला सीखनी चाहिए क्योंकि यह खुशमिज़ाज परिवार का राज़ है।

एक बात न भूलें कि आप जो अनुवाद कर रहे हैं, वह बस आपके लिए ही है। हो सकता है कि जो अनुवाद करके आपकी भावना बदल रही है, वैसा अनुवाद करके, वैसी पंक्ति सोचकर दूसरे की भावना न बदले। इसलिए याद रहे आपका महाअनुवाद आपके लिए ही सही है।

महाअनुवाद कैसे करें?

महाअनुवाद करते वक्त निम्नलिखित बातों का खयाल रखें-

* आपका महाअनुवाद हमेशा सकारात्मक हो।
* महाअनुवाद करते वक्त उसे सुर-ताल में लाएँ ताकि आप उसे गा सकें।
* आप महाअनुवाद का इस प्रकार से उच्चारण करें ताकि आपके मन में होनेवाली नकारात्मक भावना तुरंत बदलें।

उदाहरण के तौर पर नीचे दी गई दुःखद पंक्ति का महाअनुवाद देखें-

दुःखद पंक्ति- रिश्तेदारों से मैं उदास हूँ।

महाअनुवाद - मैं तो ईश्वर का दास हूँ।

आइए, अब कुछ ऐसी पंक्तियों का महाअनुवाद करना सीखें, जिन्हें रोज़मर्रा के जीवन में हम कहीं न कहीं इस्तेमाल करते हैं। आप परिवार से संबंधित अपना महाअनुवाद बनाकर भी लिख सकते हैं या जो बना हुआ अनुवाद दिया गया है, उसे कई बार दोहराकर दुःख से मुक्त हो सकते हैं।

दुःखद पंक्ति - परिवार में कितने सारे दुःख हैं।
महाअनुवाद - खोजो, उससे ज़्यादा तो कई सुख हैं।
आपका महाअनुवाद - ----------------------------

• • •

दुःखद पंक्ति- मेरे परिवार में कपट है।
महाअनुवाद- ईश्वर तो मेरे निकट है।
आपका महाअनुवाद - ----------------------------

• • •

दुःखद पंक्ति - कितनी स्वार्थी माया है।
महाअनुवाद - संसार की लीला में प्रेम की छाया है।
आपका महाअनुवाद - ----------------------------

• • •

दुःखद पंक्ति –	सारे रिश्ते मतलब के हैं।
महाअनुवाद –	जान गया हूँ मैं सबमें ईश्वर है।
आपका महाअनुवाद –	------------------------------

• • •

दुःखद पंक्ति –	इस इंसान से रिश्ता बनना, यह मेरे किन कर्मों की है सज़ा?
महाअनुवाद –	ज्ञान मिले 'विचार नियम' का तो परिवार में है मज़ा।
आपका महाअनुवाद –	------------------------------

• • •

दुःखद पंक्ति –	मुझ पर रिश्तेदार करते हैं अत्याचार।
महाअनुवाद –	मेरे विचारों ने किया है मुझे लाचार, जिन्हें बदलकर मैं बंद करूँगा स्वयं पर अत्याचार।
आपका महाअनुवाद –	------------------------------

• • •

दुःखद पंक्ति –	मैं वासना से डरा हूँ।
महाअनुवाद –	मैं उपासना से भरा हूँ।
आपका महाअनुवाद –	------------------------------

• • •

दुःखद पंक्ति –	मेरे परिवार में हमेशा होते हैं– वाद-विवाद।
महाअनुवाद –	बदल अपना स्वसंवाद, दे सिर्फ धन्यवाद।
आपका महाअनुवाद –	------------------------------

• • •

दुःखद पंक्ति –	मेरे परिवार में पैसे कम हैं।
महाअनुवाद –	'सब भरपूर है', इस विचार में दम है।
आपका महाअनुवाद –	------------------------------

• • •

दुःखद पंक्ति –	छोटा है परिवार मेरा।
महाअनुवाद –	जग सारा है परिवार मेरा।
आपका महाअनुवाद –	------------------------------

• • •

दुःखद पंक्ति –	मेरा कोई नहीं सहारा।
महाअनुवाद –	घर में है मेरे आनंद का बसेरा।
आपका महाअनुवाद –	------------------------------

• • •

दुःखद पंक्ति –	मेरा दिमाग गरम है।
महाअनुवाद –	लेकिन मूल स्वभाव तो नरम है।
आपका महाअनुवाद –	------------------------------

• • •

दुःखद पंक्ति –	रखता नहीं कोई मेरा मान।
महाअनुवाद –	'दुनिया आइना है' यह पहले जान।
आपका महाअनुवाद –	------------------------------

• • •

दुःखद पंक्ति –	मेरे घर में है अशांति।
महाअनुवाद –	विचारों को बदलने से आएगी शांति।
आपका महाअनुवाद –	------------------------------

• • •

दुःखद पंक्ति –	बच्चे बड़े हैं बदमाश।
महाअनुवाद –	परिवार के सदस्य हैं खास।
आपका महाअनुवाद –	------------------------------

• • •

दुःखद पंक्ति –	पत्नी करती है बहुत ज़्यादा खर्चा।
महाअनुवाद –	बदल तू अपने विचारों का ढाँचा।
आपका महाअनुवाद –	------------------------------

स्वसंवाद और विचार नियम

अब तक हमने 'महाअनुवाद' इस विषय पर समझ प्राप्त की। अब हम जानेंगे परिवार को स्वर्ग बनाने में 'स्वसंवाद' की क्या भूमिका है।

महाअनुवाद यानी नकारात्मक पंक्ति को सकारात्मक पंक्ति में सुर, ताल के साथ बदलना।

स्वसंवाद यानी कोई भी सकारात्मक वाक्य बार-बार दोहराना। हम दिनभर में स्वयं के साथ जो भी वार्तालाप करते हैं, उसे ही 'स्वसंवाद' कहा जाता है। अगर हमारा स्वसंवाद नकारात्मक है तो इसे 'कु-स्वसंवाद' कहा जाता है और सकारात्मक स्वसंवाद को 'सु-स्वसंवाद' कहा जाता है।

मनोविज्ञान बताता है कि ९० प्रतिशत तक हमारे आचरण के पीछे स्वसंवाद का हाथ है। आपने समय के साथ कुछ स्वसंवादों की पुनरावृत्ति की है और उसी का नतीजा है, आपके जीवन की सफलता या असफलता! आपका काम-काज, नौकरी, बिजनेस, आपकी आर्थिक स्थिति, स्वास्थ्य और आपके पारिवारिक संबंध आज जैसे भी हैं, इसका कारण है 'स्वसंवाद'। अर्थात आपका स्वयं के साथ होनेवाला वार्तालाप।

कभी-कभी रिश्तेदारों के बारे में इंसान के अंदर चलनेवाला वार्तालाप नकारात्मक होता है। ऐसे में विचार नियम कहता है, जो स्वसंवाद आप बार-बार दोहराते हैं, वैसा ही परिणाम आपको प्राप्त होता है। क्योंकि आपके अंदर चलनेवाला स्वसंवाद यानी आपके अंतर्मन को दिया गया आदेश! यह आदेश (स्वसंवाद) जब तीव्रता से दोहराया जाता है तब आपके अंदर चलनेवाले विचारों का एक ढाँचा (पैटर्न) तैयार होता है। उसी के अनुसार आपको सबूत मिलने लगते हैं।

जब आप अपने स्वसंवाद में बदलाव लाते हैं तब आपके विचारों को निश्चित दिशा मिलती है। इतना ही नहीं बल्कि आपके भाव और वाणी में भी सकारात्मक बदलाव आते हैं और इसका परिणाम आपकी क्रिया पर भी होता है। परिणामस्वरूप आपका रिश्ता सकारात्मक बनने लगता है।

तो आइए, नीचे दिए गए स्वसंवाद दोहराकर परिवार को स्वर्ग बनाते हैं-

स्वसंवाद कैसे करें?

नीचे दिए गए एक या दो स्वसंवाद अपने लिए चुनकर उन्हें प्रतिदिन १०

से २० बार डायरी में लिखें और जोर-जोर से पढ़ें। उनमें एक गति तैयार करें और उन्हें खुशी से गुनगुनाएँ, अपने दिमाग को पूरा दिन इन स्वसंवादों पर सोचते रहने दें। लगातार इस्तेमाल किए गए स्वसंवाद हकीकत में बदल जाते हैं। कभी-कभी तो ऐसा नतीजा प्राप्त होता है, जिसकी हमने कभी कल्पना भी नहीं की होती।

आइए, अब जानते हैं स्वस्थ परिवार के लिए सकारात्मक स्वसंवाद-

१. 'सारे रिश्तेदार अच्छे और मेरे साथ दोस्ताना हैं। उत्तम जीवन के साथ मेरा ताल-मेल कायम है।'
२. 'मैं अपने सभी रिश्तेदारों को प्रेम देता हूँ, सभी मुझे बेहद प्रेम देते हैं।'
३. 'मुझे हर इंसान सकारात्मक ढंग से लेता है। मेरी प्रशंसा भी होती है। मुझे प्यार भी मिलता है।'
४. 'मेरा हर रिश्ता स्वस्थ, मस्त और तंदुरुस्त है।'
५. 'विश्वास मेरे परिवार की नींव है।'
६. 'मेरा परिवार प्रेम, आनंद और शांति से सराबोर है।'
७. 'मेरे परिवार में आनेवाला हर इंसान खुशी की भावना महसूस करता है।'
८. 'मेरा परिवार हमेशा स्वस्थ और सुरक्षित है।'
९. 'मेरे जीवन में प्रेम और विश्वास की शक्ति कार्य कर रही है।'
१०. 'सदा आनंदित रहना मेरे परिवार की पहचान है।'

प्रस्तुत भाग में दिए गए 'स्वसंवाद' और 'महाअनुवाद' इन दो शक्तिशाली तकनीकों का इस्तेमाल आप इस प्रकार भी कर सकते हैं-

* स्वयं के अंतर्मन की प्रोग्रामिंग करने हेतु आप रिलॅक्स होकर सकारात्मक स्वसंवाद दोहरा सकते हैं।

* महाअनुवाद करने के लिए आपको रिलॅक्स होने की ज़रूरत नहीं है। दिनभर में जब भी आपके मन में नकारात्मक विचार आए तो उसका तुरंत महाअनुवाद करें।

* रिलॅक्स होकर, शांत बैठकर या लेटकर स्वसंवाद दोहराने से बेहतर परिणाम प्राप्त होता है।

मनन प्रश्न :

- क्या विचारों में छोटा बदलाव लाने (महाअनुवाद करने) से भावनाओं में बड़ा परिवर्तन आ सकता है?
- 'परिवार के प्रति मेरे मन में कौन से नकारात्मक स्वसंवाद हैं? मैं उन्हें सकारात्मक स्वसंवादों में कैसे परिवर्तित कर सकता हूँ?'

कार्ययोजना :

- नीचे दी गई पंक्तियों का महाअनुवाद करें या आप अपनी अवस्था अनुसार नई पंक्ति बनाएँ।

  दुःखद पंक्ति- मेरे घरवाले मुझसे हैं नाखुश।

  महाअनुवाद--------------------

  दुःखद पंक्ति- किसी को नहीं है मेरी कदर

  महाअनुवाद---------------------

- इस भाग में दिए गए स्वसंवादों की सूची में से आपको पसंद आया हुआ स्वसंवाद एक बड़े बोर्ड पर लिखकर, इसे उस स्थान पर लगाएँ, जहाँ आप ज़्यादा से ज़्यादा समय रहते हैं। जैसे, आपके घर का हॉल, किचन, ऑफिस। आप चाहे तो उस स्वसंवाद को अपने कंप्यूटर का स्क्रीनसेवर भी बना सकते हैं।

अध्याय 10

आनंदित परिवार की कुंजी

दूसरा उपाय

'अगर भगवान ने मुझे फिर से जीने का मौका दिया तो मैं क्या करूँगा?' एक दार्शनिक ने अपने जीवन के अंत में यह सवाल स्वयं से पूछा। उनके हृदय से जो मार्गदर्शन आया, वह कुछ इस प्रकार था–

'मैं वही जीवन जीना पसंद करूँगा, जो मैंने आज तक जीया है। जिस तरह एक लेखक अपने पुस्तक की नई एडिशन में कुछ सुधार करता है, उसी तरह मैं भी भूतकाल की सभी गलतियाँ सुधारने का प्रयास करूँगा। आज तक मेरे जीवन में कई घटनाएँ हुई हैं। सुखद, आनंदित घटनाओं को तो कोई भी नहीं बदलना चाहता मगर कुछ घटनाएँ हमें द्वेष, क्रोध या अपराधबोध जैसी दुःखद भावनाओं में फँसा देती हैं। उन्हें तो अब बदला नहीं जा सकता मगर मैं तहेदिल से उन सभी बातों के लिए क्षमा चाहता हूँ, जिसमें मेरा नकारात्मक योगदान था।'

सचमुच! उस दार्शनिक ने जो जवाब दिया, वह वाकई सोचने लायक है। अब आपके लिए सवाल यह है कि अगर आपको भूतकाल में जाने का मौका मिलेगा तो आप कौन सी गलतियों को सुधारेंगे? जवाब देने से पहले रुक जाएँ क्योंकि आप अपना भूतकाल कभी नहीं बदल सकते मगर एक शुभवार्ता (गुड न्यूज) है कि आप अतीत में घटी गलतियों के लिए क्षमा माँगकर सुंदर परिवार का निर्माण ज़रूर कर सकते हैं। यह बिलकुल वैसा ही है, जैसे किसी पुस्तक की नई एडिशन बनाते वक्त पूर्व एडिशन में होनेवाली गलतियाँ सुधारना। आपका परिवार एक पुस्तक की तरह है, जिसकी नई एडिशन आप लिखने जा रहे हैं और इसी लिए आपके हाथ में होनी चाहिए 'क्षमारूपी' कलम।

इंसान का मन एक ऐसे चाकू के समान है, जो संपर्क में आनेवाली हर चीज़ का स्वाद ग्रहण करता है। मान लीजिए, आपने आज चाकू से केक काटा और उसे साफ न करते हुए कल आपने कोई सब्जी काटी। आपने दूसरे दिन भी चाकू साफ

परिवार के लिए विचार नियम - 79

नहीं किया और कुछ देर बाद उससे कोई और चीज़ काटी। अगर इन सभी चीज़ों के कुछ अंश चाकू पर चिपक जाएँगे तो कुछ समय बाद वह बेकार साबित होगा। अगर चाकू से पहले प्याज़ काटकर उसके तुरंत बाद आपने आम काटा तो प्याज़ का स्वाद आम खाते वक्त आप महसूस करेंगे। ठीक इसी तरह अगर आप परिवार के किसी एक सदस्य को माफ नहीं करेंगे तो आपके अंदर तैयार होनेवाला यह कड़वा स्वाद बाकी रिश्तों को भी बिगाड़ सकता है।

विचार नियम और क्षमा का रिश्ता

सिर्फ क्षमा माँगने या करने से इंसान के विचारों को दिशा मिलती है और उसके परिवार की दशा बदल जाती है। अगर आपको अपने परिवार की दशा बदलनी है तो पहले विचारों की दिशा बदलें और इसकी शुरुआत होती है, 'क्षमा' से! सिर्फ क्षमा माँगने से 'विचार नियम' आपके हित में काम करना शुरू करते हैं। क्षमा माँगकर आप मनरूपी चाकू पर बैठी चिकनाई निकाल पाते हैं। चिकनाई यानी नकारात्मक विचारों और भावनाओं की मैल! यह चिकनाई जैसे ही निकलती है, वैसे आपका मन नकारात्मक विचारों को तुरंत काट सकता है क्योंकि अब आपका मन एक शार्पनिंग टूल बना है।

आपके जीवन में 'विचार नियम' तभी सक्रिय होते हैं जब आप नफरत, ईर्ष्या, द्वेष या क्रोध जैसे विकारों से मुक्त होकर स्रोत के (चैतन्य, सेल्फ, ईश्वर के) संपर्क में आते हैं और स्रोत से संपर्क साधने का पहला पायदान है– 'क्षमादान या क्षमायाचना करके खाली होना।'

परिवार में कभी दुःख होता है तो कभी सुख, कभी अपनों के लिए नकारात्मक विचार होते हैं तो कभी सकारात्मक, कभी सदस्यों के बीच प्रेम होता है तो कभी नफरत। अब सवाल यह है कि आपको दिनभर कौन सा पहलू ज़्यादा याद रहता है– प्रेम या नफरत? आपको अपने मित्र ज़्यादा याद आते हैं या दुश्मन? क्या आपको वे लोग याद आते हैं, जिनसे आप रोज़ व्यवहार करते हैं या वे लोग जिनसे आप नफरत करते हैं? हकीकत तो यह है कि आपको दोस्तों से ज़्यादा दुश्मन याद आते हैं। आपको वे लोग ज़्यादा याद आते हैं, जिन्होंने कभी आपको मारा, डाँटा, आपका काम नहीं किया या आपके साथ बुरा व्यवहार किया। ऐसे में विचार नियम को याद कर लें, जो कहता है– **'दुनिया वैसी नहीं है, जैसी आपको दिखती है। दुनिया वैसी है, जैसे आप दुनिया के बारे में विचार रखते हैं, जैसे आप हैं।'** यह कोई आम पंक्ति नहीं है बल्कि आपके जीवन को संतुलित और आनंदित बनानेवाली खास पंक्ति है।

इसे ऐसे समझें जैसे आपके परिवार में अगर कोई नकारात्मक बात हो रही है तो आपके विचारों में स्पष्टता नहीं है। कोई रिश्तेदार अगर आपसे गलत व्यवहार कर रहा है तो इसका मतलब है कि आपके अंतर्मन में कुछ नकारात्मक बातें हैं। रिश्तेदार तो आपको इस नकारात्मकता का दर्शन करने के लिए निमित्त बन रहा है। इसलिए किसी का गलत व्यवहार देखकर आपको दो कदम उठाने हैं- पहला- **खोज करना**, इसके बारे में आप विस्तार से आगे के अध्याय में जानेंगे और दूसरा कदम- क्षमा माँगना और क्षमा करना।

किसी रिश्तेदार के गलती करने पर आप उसे क्षमा करेंगे तो आप उस नकारात्मक भावना से मुक्त हो जाएँगे। ध्यान रखें क्षमा करने से सामनेवाला मुक्त हो या न हो, यह दूसरी बात है किंतु सामनेवाले को क्षमा करके आप अवश्यक मुक्त हो जाते हैं। ऐसा करके आप स्वयं की ही तरंग बदल रहे हैं। परिणामस्वरूप, ब्रह्मांड आपके पास सिर्फ सकारात्मक चीज़ें ही भेजेगा क्योंकि जिस चीज़ से आपको तरंग मिलती है, उसे आपके जीवन में आना ही पड़ता है, यही तो विचार नियम की खासियत है।

क्षमा करने या माँगने से परिवार में होनेवाले दो मुख्य परिवर्तन

१. परिवार में प्रेम, शांति की बहार

हर्षद का अपने बड़े भाई के साथ दस साल पहले झगड़ा हुआ था। हालाँकि इस मनमुटाव के पीछे बहुत ही मामूली कारण था मगर अहंकार की वजह से वे एक-दूसरे से बात नहीं कर रहे थे। जबकि दोनों के मन में एक-दूसरे के प्रति आदर, प्यार और विश्वास था।

एक दिन हर्षद कोई मूवी देख रहा था, जिसमें होनेवाले एक प्रभावी संवाद से उसके दिल में खलबली मच गई। वह संवाद था, 'माफी माँगने से कोई बड़ा या छोटा साबित नहीं होता मगर जो इंसान बिगड़ा हुआ रिश्ता सँवारने हेतु पहले कदम उठाता है, उसका दिल ज़रूर बड़ा होता है।'

हर्षद की आँखें खुल गईं। उम्र में छोटा होकर भी उसने अपने बड़े भाई के साथ बिगड़ा हुआ रिश्ता सुधारने का संकल्प किया। वह पेन और पेपर लेकर बैठा। उसने भाई के प्रति अपने मन में होनेवाले प्रेम का इज़हार किया। साथ ही तहेदिल से क्षमा भी माँगी। हालाँकि वह अपने भाई को पत्र लिख रहा था मगर उसके परिवार की नई एडिशन बन रही थी क्योंकि जब उसके भाई ने यह पत्र पढ़ा तब उसे इस बात का पछतावा हुआ कि 'मैं इतने सालों तक बेशर्त प्रेम से महरूम क्यों रहा?' दो भाइयों के बीच होनेवाली अनबन के कारण उनका पूरा परिवार प्रेम-भाव महसूस

नहीं कर पा रहा था। मगर अब एक 'सॉरी' के कारण दो भाइयों के बीच होनेवाला मनमुटाव खत्म हो गया और उस परिवार में प्रेम और विश्वास की संभावना खुल गई।

परिवार में पूर्णता

अगर हम क्षमा नहीं कर पाएँगे तो परिवार के सदस्यों के मन में द्वेष-भाव निर्माण होगा, साथ ही प्रतिशोध की भावना भी जगेगी। इसका फल क्या आएगा? समय की बरबादी, परिवार और रिश्तों में खटास, हमारे अंदर की ऊर्जा का गलत उपयोग, अनेक रोग, साथ ही अपने लिए कुछ और कर्मबंधनों का निर्माण। जबकि हमें अपने समय का उचित उपयोग करना चाहिए। कर्मबंधनों के जाल में अटककर हमें अपना वक्त बरबाद नहीं करना चाहिए। जब तक आप सामनेवाले को क्षमा नहीं करते तब तक आपके मन में अपूर्णता की भावना बनी रहती है। गलती चाहे आपकी हो या सामनेवाले की, अगर आपको अंदरूनी अपूर्णता को विलीन करना है तो आपको क्षमा याचना के साथ पूर्णता की कला का भी उपयोग करना चाहिए।

क्षमा क्यों करें

क्षमा करना यानी सामनेवाले ने कोई गलती की हो और फिर भी आपने उस इंसान को उसकी गलती की सज़ा न देते हुए, उसके साथ प्रेमपूर्वक व्यवहार जारी रखा। क्षमा का पात्र हर एक है क्योंकि हरेक गलती करता है। इसके पीछे कारण हैं- हर एक के पास हर जानकारी नहीं होती, कोई दूसरों के विचार पढ़ नहीं पाता, इंसान में लापरवाही का संस्कार बीच-बीच में जाग्रत होता रहता है।

जैसे राजा दशरथ ने गलत अनुमान लगाकर श्रवणकुमार की हत्या की। श्रवणकुमार को हिरन समझकर तीर मार दिया, जिससे श्रवणकुमार के माता-पिता की पुत्र वियोग के दु:ख में मृत्यु हुई। बताने का तात्पर्य गलतियाँ सभी से हो सकती हैं इसलिए सभी क्षमा के पात्र हैं।

इस संसार के रंगमंच पर सभी अपनी-अपनी भूमिका निभा रहे हैं। अगर आप संसार के खेल को ईश्वर की लीला करके देखेंगे तो जानेंगे कि परिवार एक रंगमंच है, जिस पर खड़े होकर सभी अपने-अपने संवाद बोल रहे हैं। आप इस समझ से देखें कि सामनेवाले ने गलती की ही नहीं है, यह तो केवल नाटक चल रहा है। वह इंसान उस नाटक का एक भाग है, जो सिर्फ अपनी भूमिका निभा रहा है। जब आप एक ही चैतन्य को अपने और पारिवारिक सदस्यों के अंदर देख पाते हैं तब आप सामनेवाले के अलग व्यवहार को गलत नहीं समझेंगे।

परिवार में क्षमा क्यों माँगें

क्षमा करने या माँगने से परिवार के सदस्यों के बीच होनेवाली उलझनें तुरंत विलीन हो जाती हैं। किसी व्यक्ति, घटना या परिस्थिति के प्रति इंसान अपनी सोच के अनुसार कथाएँ और मान्यताएँ बनाता है, अनुमान लगाता है। ऐसा करते हुए उसका मन अनावश्यक विचारों के जाल में फँसकर दूषित हो जाता है। इस तरह स्वच्छ-शुद्ध मन पर गिले-शिकवे, नफरत, द्वेष, लोभ-लालच की अनगिनत रेखाएँ खिंच जाती हैं। इस जाल में अटककर इंसान के अंदर की सकारात्मक ऊर्जा सिकुड़ जाती है। ऐसे में क्षमा का शस्त्र इस सिकुड़न को खत्म कर, सकारात्मक ऊर्जा की अभिव्यक्ति करवाने में मदद करता है।

देखा जाए तो हरेक के अंदर अनगिनत ईश्वरीय गुण समाए हुए हैं। क्षमा साधना करने से आपके अंदर प्रेम, आनंद, मौन जैसे ईश्वरीय गुण उजागर होने लगते हैं। जिससे आपमें और आपके परिवार में स्वास्थ्य का संचार होता है, प्रेम और शांति की बहार आती है।

परिवार में क्षमा कैसे माँगें

अब तक हमने क्षमा का महत्त्व समझा। अब क्षमा माँगने का सही तरीका भी सीखें। हर रात सोने से पूर्व 'क्षमा समापन' से दिन समाप्त करें। अर्थात दिनभर जिन रिश्तेदारों को आपने अपने भाव, विचार, वाणी या क्रिया से जाने-अनजाने में दुखाया है, उनसे मन ही मन माफी माँगें और सुबह दिल से परिवार में प्रेम, आनंद और शंति बाँटें... यह क्षमा साधना हमारे मन को साफ और शरीर को स्वस्थ करती है। आप माफी केवल आज के दिन के लिए नहीं बल्कि भूतकाल में हुई गलतियों को मिटाने के लिए भी माँग सकते हैं।

अगर आप किसी रिश्तेदार के सामने अपनी गलती इज़हार कर सकते हैं तो उसके सामने जाकर क्षमा माँगना अति आवश्यक है क्योंकि विचार नियम कहता है- '**आप जो चाहते हैं, उसे जल्दी अंजाम देने के लिए अपने भाव, विचार, वाणी और क्रिया में एकरूपता लाएँ।**' अर्थात केवल अंदर से ही नहीं बल्कि शब्दों से और क्रिया से भी क्षमा माँगें।

आइए, अब हम क्षमा माँगने के तरीके को और विस्तार से समझें-

नीचे दिए गए ३ नियमों द्वारा दूसरों को माफ करें :

प्रयोग के नियम

१. **ईमानदारी (ऑनेस्ट थिंकिंग) :** अपनी भावनाओं को ईमानदारी से सही रूप में

पहचानकर उन्हें स्वीकार करें। अपने आपसे सच बोलें और कपटमुक्त रहें। इस प्रयोग में आप कुछ पुरानी घटनाएँ याद करेंगे तब अपनी व दूसरों की गलतियाँ सामने आएँगी।

२. **साहस :** आपके सामने कुछ ऐसी घटनाएँ भी आएँगी, जिनके बारे में आप सोचना नहीं चाहते और मन में दबा देते हैं। आपको ऐसी घटनाएँ साहस रखते हुए पूर्ण रूप से देखनी हैं।

३. **स्पष्टता :** यह प्रयोग करते वक्त आपके विचारों में स्पष्टता और समझ हो। आपको हर घटना पूर्ण रूप से और स्पष्टता के साथ देखनी है। उन्हें आज की समझ के अनुसार देखें।

प्रयोग के तीन कदम

१. इस प्रयोग में आपको भूतकाल में हुई कुछ घटनाएँ याद करनी हैं।

२. प्रयोग के दौरान यह समझ रखें कि भूतकाल में जो भी कर्म हुआ, वह उस समय जो आपकी समझ थी उसके हिसाब से हुआ। उस वक्त आपके द्वारा वैसा ही प्रतिसाद निकलनेवाला था इसलिए वैसा हुआ।

३. आज तक जीवन में हुई सभी घटनाएँ देख लेने के बाद, उन्हें पूर्ण रूप से स्वीकार करके खुद को व सामनेवाले को माफ करें।

आँखें बंद करके यह प्रयोग करें और अपने भूतकाल में जाकर पूर्ण ईमानदारी से घटनाएँ देखना शुरू करें।

१. सबसे पहले माता-पिता को अपनी आँखों के सामने लाएँ। उन्होंने शायद कभी आपको डाँटा या मारा हो। कुछ ऐसी घटनाएँ हुई हों, जिस कारण आप माता-पिता से अब तक नाराज़ हैं। उन घटनाओं को एक-एक करके सामने लाएँ। माता-पिता ने जो भी किया वह उस वक्त की समझ व जानकारी अनुसार किया, यह सोच रखते हुए उन्हें माफ करें। मन ही मन अपने माँ-बाप से कहें, 'मैं आपसे प्रेम करता हूँ, मैं आपको माफ करता हूँ, आप भी मुझे माफ करें।'

२. कभी आपके भाई-बहन ने आपकी चुगली की हो और आपको मार पड़ी हो, उनकी इस्तेमाल की हुई पुरानी चीज़ें आपको मिली हों, उन्होंने आपको मारा हो या आपका अनादर किया हो। इन सभी बातों के लिए अपने भाई-बहन को भी माफ करें।

३. अपने सभी रिश्तेदारों-दोस्तों को देखें। शायद उन्होंने कभी आपसे गलत

व्यवहार या छल किया हो तो उन्हें भी माफ करें। यह प्रयोग करके दूसरे नफरत से मुक्त हों या न हों, आप तो मुक्त हो ही गए।

४. इसी तरह डॉक्टर, टीचर, पुलिस, पड़ोसी इत्यादि से संबंधित हुई घटनाएँ एक-एक करके अपने सामने लाएँ, जो आपके साथ अब तक के सफर में हुई हैं। फिर उन लोगों को भी उसी तरह माफ करें, जिस तरह आपने अब तक रिश्तेदारों को माफ किया है।

अब कल्पना करें कि आप उस इंसान के सामने हाथ जोड़कर खड़े हैं और उससे माफी माँग रहे हैं। अपने अंतर्मन को यह काल्पनिक चित्र साफ-साफ दिखाएँ ताकि आपके रिश्तों में क्षमा का जादू आपको तुरंत दिखाई दे। अपनी आँखें बंद रखते हुए देखें कि आप आनंद में हैं। आपके अंदर की सभी गाँठें एक-एक करके खुल रही हैं। आप अपने साथ-साथ सभी को माफ कर रहे हैं। जो भी घटनाएँ हुईं वे उस वक्त की समझ के हिसाब से सही थीं मगर आज वैसा नहीं है। आज आपकी समझ बढ़ी है। आज आप पुरानी घटनाओं के बोझ से मुक्त हुए हैं। अब आगे का जीवन बोझ मुक्त होकर जीएँ।

यह प्रयोग करने के बाद अपने आपसे सवाल पूछें- 'क्या मैं खुद को और दूसरों को माफ कर पाया हूँ?' यह भी समझें कि आपको यह क्यों करना है। दूसरों को माफ करना, यह दूसरों पर नहीं बल्कि अपने आप पर एहसान करना है। नफरत, ईर्ष्या और द्वेष जैसी नकारात्मक भावनाएँ रखकर आप सबसे पहले तो खुद का ही नुकसान कर रहे हैं। गन्ने की मशीन में गन्ना डालते हैं तो मिठास पहले मशीन को मिलती है, बाद में किसी और को। उसी तरह मशीन में पत्थर डालने पर पहला नुकसान मशीन का होता है, फिर किसी और का। वैसे ही जब आप किसी के प्रति नफरत रखते हैं तो पहले अपना ही नुकसान करते हैं इसलिए स्वयं को और दूसरों को माफ करके खुद पर एहसान करें।

अपने जीवन को पूर्ण रूप से स्वीकार करें। यदि जीवन को आधा स्वीकार किया जाए तो आंतरिक रूप से संतुष्टि हासिल नहीं होगी। अगर आप जीवन को वह जैसा है वैसा पूर्ण रूप से स्वीकार करेंगे तो जल्द ही परिवार में प्रेम, आनंद और शांति की लहर पाएँगे।

हर रात सोने से पहले क्षमा प्रार्थना में सभी को क्षमा करें
मैं पूरी शुद्धता से अपना दिल बड़ा कर रहा हूँ,
सबको माफ कर रहा हूँ।
आज जिन लोगों के कारण मुझे दु:ख हुआ,

उन्हें मैं माफ करता हूँ।
यह करके मैं किसी और पर नहीं
बल्कि अपने आप पर ही एहसान कर रहा हूँ।
क्षमा करके मैं अपनी शुद्धता बढ़ा रहा हूँ,
अपनी तरंग बदल रहा हूँ।
अपने परिवार में सुख, समृद्धि ला रहा हूँ।
थैंक यू फॉर बिइंग इन माय लाइफ...
मेरे जीवन में होने के लिए आपका बहुत बहुत धन्यवाद
आय लव यू... आय रिस्पेक्ट यू...!

सभी से इस तरह क्षमा माँगें

आज जिन लोगों को मैंने अपने भाव, विचार
वाणी अथवा क्रिया से दुःख पहुँचाया है,
उन सभी से ईश्वर को साक्षी रखकर माफी माँगता हूँ।
कृपया, मुझे माफ करें,
यह गलती मुझसे दोबारा नहीं होगी।
मैं आगे से इस बात का खयाल रखूँगा
क्षमा के लिए धन्यवाद।
थैंक यू फॉर बिइंग इन माय लाइफ...
मेरे जीवन में होने के लिए आपका बहुत-बहुत धन्यवाद
आय लव यू... आय रिस्पेक्ट यू... !'

मनन प्रश्न :

▶ 'क्षमा आनंदित परिवार की कुंजी है।' क्या मैं इस बात से सहमत हूँ? ऐसा कौन सा रिश्तेदार है, जिसे मैंने अब तक क्षमा नहीं किया है?

कार्ययोजना :

▶ प्रस्तुत अध्याय में दी गई क्षमा प्रार्थना हर दिन करें। अपने घर में यह क्षमा प्रार्थना आप रिमाईन्डर के तौर पर भी लगा सकते हैं।

परिवार के लिए विचार नियम - 86

अध्याय 11

विश्वास परिवार की गीता है

तीसरा उपाय

विश्वास परिवार की गीता (बुनियाद) है, जिस पर हाथ रखकर हर सदस्य एक दूसरे को प्रेम वचन दे सकता है। विश्वासगीता तब परिवार को पारस की तरह पवित्र बना सकती है।

'परिवार की विश्वासगीता'... यह विचार पढ़कर आपको क्या लगा? आज तक आपने 'गीता' यह शब्द तो सुना है मगर 'परिवार की विश्वासगीता' यह शब्द आप पहली बार सुन रहे हैं।

'परिवार की विश्वासगीता' अर्थात ऐसी डायरी, जिसमें लिखी हुई हर बात वास्तव में उतरती है। भगवान श्रीकृष्ण ने कुरुक्षेत्र में अर्जुन को जो सत्य-संदेश दिया, वह आज 'भगवद्‌गीता' के नाम से प्रसिद्ध है।

अब स्वयं से एक सवाल पूछकर देखें, 'अगर दुर्योधन ने श्रीकृष्ण को युद्ध के मैदान में सारथी के रूप में माँगा होता तो आज जो गीता बनी है, क्या वह वैसी ही रहती?' नहीं न? बिलकुल सही, गीता बदल जाती। इसीलिए कहा जाता है, '**हर एक की गीता अलग है।**' क्योंकि पृथ्वी का हर इंसान अद्वितीय है। उसके जैसा न कोई है और न ही होगा। हर इंसान की खुद की एक विशेषता है और जब बात परिवार की हो तब यह विविधता स्पष्ट रूप से दिखाई देती है क्योंकि हर सदस्य का स्वभाव अलग है।

कल्पना करके देखें यदि आपके हाथों की सारी उँगलियाँ एक समान, एक आकार, एक नाप की होतीं तो लिखने से लेकर खाना खाने तक की आपकी सारी क्रियाएँ कैसी हो रही होतीं?

कुछ समय यहाँ रुकें और पुस्तक बाजू में रखकर, अपने मन में हर कार्य को

एक जैसी उँगलियोंवाले हाथों द्वारा करते हुए देखें।

अब बताएँ कि 'क्या वे कार्य सहजता से हो रहे थे?' यकीनन सबका जवाब एक ही होगा 'नहीं।'

इसी तरह हर इंसान की गीता अलग है। हरेक का स्वभाव, रुचि, आदतें, पैटर्न, रहन-सहन, गुण आदि भिन्न होने के बावजूद अलग-अलग उँगलियों की भाँति लोग परिवार में एक साथ निर्वाह कर रहे हैं और यही इसकी खूबसूरती है।

आप देखेंगे कि कुदरत में भी तरह-तरह के फल, फूल, पेड़, पंछी, जानकर उपलब्ध हैं, जो कुदरत की इस सुंदरता का प्रमाण देते हैं। यही बात परिवार के साथ भी लागू होती है। जिसमें अलग-अलग स्वभाव और गुणोंवाले सदस्यों के विचारों का आदान-प्रदान होता है। आपसी मतभेद होने के बावजूद लोग एक-दूसरे से प्रेम करते हैं। यदि इस बात पर गहराई से मनन किया जाए तो आप ईश्वर की इस सुंदर रचना पर धन्यवाद के भाव से भर उठेंगे।

आइए, अब हम समझते हैं 'परिवार की विश्वासगीता' कैसे लिखें। उसके पहले हमें यह मालूम होना चाहिए कि यह विश्वासगीता क्यों लिखनी चाहिए?

१. **स्पष्ट लक्ष्य :** अपने लक्ष्यों के सिलसिले में स्पष्ट और सुनिश्चित होने का एक सर्वोत्तम उपाय है, उन्हें विस्तार से एक कागज पर उतार लें। जो बातें आप लिखते हैं, वे आपके मन-मस्तिष्क में गहराई तक पहुँचती हैं।

२. **प्रेम की संभावनाएँ :** आप परिवार में प्रेम, आनंद, शांति, संतुष्टि, समृद्धि और स्वास्थ्य की संभावनाएँ जितनी ज़्यादा खोलना चाहते हैं, उतनी ज़्यादा आपको 'विश्वासगीता' की ज़रूरत महसूस होगी।

३. **स्वस्थ मनन :** लेखन- लक्ष्य पूर्ति का मुख्य साधन है। इससे चीज़ों या घटनाओं को प्रत्यक्ष रूप में प्रकट होने में सहायता मिलती है। जैसे-

* मेरे परिवार में प्रेम और आनंद की अनंत संभावनाएँ हैं।
* मुझे परिवार में शांति, सहयोग, संतुष्टि भरपूर चाहिए।
* मेरे परिवार के सभी सदस्य पैटर्नरहित जीवन के मालिक हैं।
* कुदरत के पास सबके लिए सब कुछ भरपूर है, जिसका अनुभव मेरा परिवार ले रहा है।
* आज तक कुदरत ने मुझे रिश्तों से संबंधित अनेक अच्छे-बुरे संकेत दिए

हैं, जिन्हें मैंने समझा है और उनका लाभ भी लिया है।

४. **परिवार नहीं 'ज़िंदगी' :** हर इंसान की ज़िंदगी एक खूबसूरत किताब है। इंसान इस किताब में जो भी लिखता है, वही उसकी ज़िंदगी होती है। अतः आप अपने परिवार के बारे में जो भी लिखेंगे, वह आपकी ज़िंदगी बनेगी।

५. **सकारात्मक प्रोग्रामिंग :** 'विश्वासगीता' लिखने से आपके अवचेतन मन की प्रोग्रामिंग सकारात्मक हो जाती है। कुदरत कहती है, 'यह इंसान वाकई ईमानदार है क्योंकि यह जो चाहता है वही सोचता है, जो सोचता है वही बोलता है और जो बोलता है, वही लिखता है।' अतः एकाग्रता और निरंतरता से 'विश्वासगीता' लिखनेवाले इंसान का परिवार अखंड बन जाता है।

६. **एकाग्रता :** लिखने से आपके अंदर प्रेरणा जाग्रत होती है क्योंकि लिखते समय एक ही वक्त आपके हाथ, आँखें और आपका मस्तिष्क एकाग्र होता है। परिणामस्वरूप, आप जो चीज़ चाहते हैं, उसकी प्रतिमा आपके अंतर्मन पर गहरा छाप छोड़ती है।

७. **कार्ययोजना :** डायरी लिखने से आपके सामने परिवार को उच्चतम आनंद की ऊँचाइयों पर ले जानेवाली कार्ययोजना तैयार होती है। कौन से शब्दों का इस्तेमाल न करें, कौन सी नई आदतें अपनाई जाए, परिवार में स्वस्थ संवादमंच कैसे बनाएँ, सिर्फ लिखने से ऐसे अनेक पहलुओं से संबंधित 'कार्ययोजना' बनेगी।

८. **समय की बचत, गुणों का विकास :** लिखने की आदत डालने से आपका लक्ष्य स्पष्ट होता है। आपकी ऊर्जा एक विशिष्ट दिशा में प्रवाहित होने लगती है। इससे आपका आत्मविश्वास भी बढ़ता है। साथ ही 'विश्वासगीता फॉर फॅमिली' आपके विचारों में दृढ़ता एवं संकल्पशक्ति, इच्छाशक्ति भी विकसित करती है।

'विश्वासगीता फॉर फॅमिली' कैसे लिखें?

१. एक ही डायरी में लिखें : कोई भी डायरी लिखने का पहला नियम है, एक ही डायरी में लिखें। यदि आपके पास लिखने की कोई कार्यप्रणाली (सिस्टम) है तो आप कई मुसीबतों से बच सकते हैं। वरना कई बार लोगों को लिखने के बाद यह याद ही नहीं रहता कि 'मैंने फलाँ बात कौन सी डायरी में किस पन्ने पर, किस दिन लिखी थी?' ऐसी दुविधा से बचने के लिए एक ही डायरी बनाएँ। इसके लिए आप चाहे तो लॅपटॉप, मोबाईल, कंप्यूटर का भी इस्तेमाल कर सकते हैं।

२. सिर्फ 'जो चाहिए वही' लिखें : डायरी लिखते वक्त आपको एक बात का विशेष

ध्यान रखना होगा। विश्वासगीता में आपको क्या चाहिए, सिर्फ वही लिखें। 'मुझे परिवार में झगड़े नहीं चाहिए' ऐसा न लिखते हुए स्पष्टता से लिखिए, 'मुझे परिवार में शांति चाहिए।' आप विश्वासगीता में जो लिखेंगे, वह सच होगा। इसलिए आपको विश्वासगीता में सिर्फ सकारात्मक और प्रेरणादायी शब्द ही लिखने हैं। ध्यान रखें, सकारात्मक शब्दों से सकारात्मक प्रोग्रामिंग होती है और नकारात्मक शब्द अपना असर गहराई तक छोड़ते हैं। आइए, कुछ उदाहरणों से यह बात समझते हैं :

गलत तरीका : हे भगवान, मेरे रिश्तेदार कब सुधरेंगे?

सही तरीका : मेरे सभी रिश्तेदार मुझसे सही बरताव करते हैं, मैं उनके साथ आनंदित, स्वस्थ और तरोताजा हूँ।

गलत तरीका : मुझे परिवार को अखंड रखने के लिए बहुत कष्ट करने पड़ेंगे।

सही तरीका : मैंने विचार नियम का ज्ञान अमल में लाकर परिवार को अखंड बनाया है।

इसके अलावा परिवार में आपको जो चाहिए, वह खुशी के साथ आप लिख सकते हैं :

- मैं परिवार में प्रेम, आनंद और शांति के शिखर पर पहुँचा हूँ।
- मैं एक अखंड, स्वस्थ और खुशहाल परिवार का हिस्सा हूँ।
- मैं सभी से सकारात्मक शब्दों में संवाद करता हूँ।
- मेरा परिवार मुझे उच्चतम अभिव्यक्ति करने में मदद कर रहा है।
- मेरा परिवार ही मेरी सफलता की नींव है।
- मेरा परिवार ईश्वर की दौलत है, कोई भी गलत शक्ति इन्हें छू नहीं सकती।

अब अपने परिवार का चित्र आँखों के सामने लाते हुए कहें- 'स्वस्थ, आनंदित, खुशहाल परिवार के लिए बहुत-बहुत धन्यवाद!'

३. हर बात को स्पष्टता से लिखें : एक सेमिनार में प्रशिक्षक ने उपस्थित श्रोतावर्ग से पूछा, 'आपमें से कितने लोगों को ज़्यादा पैसे चाहिए?'

कुछ लोगों ने हाथ ऊपर किया। प्रशिक्षक ने हाथ ऊपर करनेवाले हर इंसान के हाथ में सौ रुपए का नोट रखकर कहा, 'अब आपके पास पहले से ज़्यादा पैसे हैं, क्या आप खुश हैं?'

लोगों ने कहा- 'नहीं, हमें और ज़्यादा पैसे चाहिए।'

प्रशिक्षक ने उन सभी के हाथों में पाँच रुपए की नोट रखकर कहा, 'अब तो ठीक है न?' फिर भी लोग कहने लगे-'नहीं... और ज़्यादा चाहिए।'

इस उदाहरण पर गौर करें। कई बार लोग 'और ज़्यादा' चाहते हैं मगर क्या उन्हें इस 'और ज़्यादा' की स्पष्ट कल्पना होती है? अधिकतर नहीं। मगर आपको परिवार में जो चाहिए, उसकी 'स्पष्ट कल्पना' लिखनी है वरना 'और ज़्यादा' यह शब्द आपके अवचेतन मन को संभ्रमित कर सकता है। इसीलिए स्वयं से पूछें, 'मुझे स्पष्ट रूप से क्या चाहिए?' जैसे -

गलत तरीका : मुझे परिवार के लिए बहुत समय देना है।

सही तरीका : मैं हर शनिवार शाम का समय अपने परिवार के साथ बिता रहा हूँ।

गलत तरीका : मुझे रूठे हुए रिश्तेदार को मनाना है।

सही तरीका : मैं ----- (तारीख) तक उस रिश्तेदार के साथ सकारात्मक संवादमंच तैयार करनेवाला हूँ।

४. अपना उद्‌देश्य स्पष्ट लिखिए -'ताकि' : आपको 'विश्वासगीता फॉर फॅमिली' में अपनी प्रार्थनाओं के पीछे होनेवाला उद्‌देश्य स्पष्टता से लिखना है। आप अपने जीवन में जो लाभ चाहते हैं, उसे सहजता से पाने के लिए **'ताकि'** शब्द का इस्तेमाल करें। आइए, उदाहरण के तौर पर कुछ सकारात्मक स्वसंवादों पर गौर करें :

१. मैं अखंड परिवार चाहता हूँ **ताकि** मैं संपूर्ण सफलता का लक्ष्य पा सकूँ।

२. मैं सभी से सकारात्मक शब्दों में संवाद करना चाहता हूँ **ताकि** मेरे परिवार में हमेशा प्रेम बना रहे।

३. मेरे परिवार के सभी लोगों को जीवन का लक्ष्य स्पष्ट हो ताकि सभी उच्चतम अभिव्यक्ति के लिए निमित्त बन पाएँ।

५. विश्वास के साथ लिखें : आप जीवन में जो भी निर्माण करना चाहते हैं, वह कर सकते हैं, बशर्ते वह किसी की दिव्य योजना के खिलाफ न हो। उदाहरण के तौर पर आपका बेटा लेखक बनना चाहता है मगर आप उसे इंजिनीयर बनाने की चाहत रखते हैं तो आपकी यह चाहत बेबुनियाद है। यहाँ आवश्यक है कि आप अपने बेटे के विश्वास को बढ़ावा दें, न कि अपनी चाहत को।

विश्वास रखें, हर एक के जीवन में समय, खुशी, पैसे, रिश्तों का भरपूर बहाव

है। इसी को दिव्य योजना कहा गया है। यह ब्रह्मांड का दिव्य ऑर्डर है। आप इसे दिव्य योजना या ब्रह्मांड की योजना भी कह सकते हैं– यह कुदरत की भरपूरता का नियम है। इस विचार नियम के साथ यह बात भी जुड़ी हुई है कि 'आप इसके साथ सहजता से उच्चतम की ओर बढ़ते जाते हैं, जब तक आप अपने विचारों में रुकावट (ब्लॉक) नहीं डालते।'

अर्थात विश्वास विश्व की सबसे बड़ी शक्ति है। आवश्यकता है इसे सही तरीके से इस्तेमाल करने की। विश्वासगीता आपके अंदर वह शक्ति जाग्रत करेगी। अगर आप सौ प्रतिशत विश्वास के साथ परिवार की शुभ इच्छाएँ डायरी लिखेंगे तो आप अपने परिवार में चमत्कारिक परिवर्तन देखेंगे। मगर ध्यान रहे, 'परिवार की विश्वासगीता' पूर्ण समर्पण और विश्वास के साथ लिखें, आपको जो चाहिए, वह मिल चुका है, इसी भाव में रहते हुए लिखें।

६. **विश्वास के साथ पढ़ें** : सफलता की दिशा में आपके सफर का अगला कदम है हर रोज़ तीन या चार बार अपने लक्ष्यों की सूची को पढ़कर, अपने अंतर्मन की रचनात्मक शक्तियों को जगाना, उन्हें सक्रिय करना। अपने लक्ष्यों की सूची को पढ़ने में थोड़ा समय अवश्य लगाइए। सूची को पूर्ण विश्वास और पूर्णता की भावना के साथ पढ़िए। अपनी आँखें बंद कर लीजिए और हर लक्ष्य को यूँ कल्पित कीजिए मानो वह पूरा हो चुका हो। कुछ और पल रुककर यह महसूस कीजिए कि अगर आपने हर लक्ष्य पूरा कर लिया होता तो आप कैसा महसूस करते।

यकीन मानिए इस प्रयोग से आपकी इच्छा शक्ति सक्रिय होगी। आपका अवचेतन मन आपकी मौजूदा वास्तविकता और आपके लक्ष्य की कल्पना के बीच के अंतर को पाटना चाहता है। बार–बार दोहराकर लक्ष्य को पहले ही पूरा कर लिया गया है, ऐसा कल्पित करके आप कुदरत को सहयोग कर रहे हैं।

यह सुनिश्चित कीजिए कि आप दिन में कम से कम एक बार अपनी डायरी सुबह जागने के बाद या रात में सोने से पहले पढ़ेंगे। आप चाहे तो छोटे कार्डस् के ऊपर भी अपना 'परिवार लक्ष्य' लिख सकते हैं। ये कार्डस् आप हमेशा अपने साथ रखिए और जैसे आपको समय मिले, एक–एक करके कार्डों को पढ़ें। सुबह के वक्त या एक बार रात को पढ़ें। जब आप कहीं सफर कर रहे हैं तो अपनी डायरी या कार्डस् अपने साथ रखें।

चाहे तो आप अपने कंप्यूटर पर कोई स्क्रीन सेवर भी बना सकते हैं, जो

आपको परिवार लक्ष्यों की याद दिलाएगा। उद्देश्य यही है कि आपका फोकस हमेशा आनंद, खुशी और शांति पर हो।

मनन प्रश्न :

▶ मेरे परिवार का लक्ष्य वाक्य (मिशन स्टेटमेंट) क्या हो सकता है?

कार्ययोजना :

▶ अपने परिवार के साथ बैठकर 'परिवार की विश्वासगीता' बनाएँ।

▶ अपने परिवार की 'विश्वासगीता' हफ्ते में कम से कम एक बार सभी मिलकर पढ़ें।

अध्याय 12 — कृतज्ञता की पहचान
चौथा उपाय

'मेरे पास वह नहीं, जो उसके पास है' ऐसी पंक्तियाँ अकसर हम कहते हैं या दूसरों को कहते हुए सुनते हैं। यह है तुलना का तोता जो हमारे भीतर बैठा है। इसे समझने के लिए एक उदाहरण से शुरुआत करते हैं।

यदि ईश्वर ने हिरन को मन दिया होता और वह तुलना करता तो वह क्या सोचता? हिरन के मन में विचार आता कि शेर का जीवन कितना अच्छा है, मेरा जीवन तो बेकार है। उसके पास कितनी शक्ति और आज़ादी है, मुझे तो हमेशा डर-डरकर जीना पड़ता है। ऐसे विचारों के कारण हिरन अपना उछलना-कूदना भूल जाता और मायूस होकर बैठा रहता। उसके द्वारा ईश्वर (सेल्फ) जो आनंद ले रहा था, जिस तरह खिलखिला रहा था, वह सब रुक जाता।

यही इंसान के साथ भी हुआ है। इंसान अपने जीवन की तुलना किसी और के जीवन के साथ करता है, जिस वजह से वह दुःखी रहता है। हर इंसान का जीवन दूसरे इंसान से अलग और विशेष है। हरेक को अपने जीवन की विशेषता स्वतः खोजनी चाहिए। उसे मनन करना चाहिए कि 'क्या ईश्वर ने मुझे बनाकर गलती की है?' यदि जवाब आए नहीं तो यह सोचें कि 'ईश्वर ने मेरे जीवन को विशेष कैसे बनाया है? और दूसरों को बनाकर भी गलती नहीं की है।'

कुदरत आपसे आपकी ओरीजिनैलिटी चाहती है इसलिए आपको जैसा बनाया गया है, वैसे ही रहें।

इंसान सदा दूसरों की तरह बनना चाहता है। वह दूसरों का जीवन जीना चाहता है। यदि किसी मोर को यह विचार आता कि 'कोयल कितना अच्छा गाती है। मुझे भी उसी की तरह गाना है।' इस विचार के चलते यदि वह अपनी विशेष आवाज़ को छोड़कर कोयल की तरह गाने की कोशिश करने लगे तो आप जानते हैं क्या होगा? हरेक मोर को इसलिए पसंद करता है क्योंकि वह मोर है। कोयल को इसलिए पसंद

किया जाता है क्योंकि वह कोयल है। दोनों की आपस में तुलना की ही नहीं जा सकती। ठीक इसी तरह हर इंसान विशेष है। तुलना करके यदि आप दूसरे का जीवन अपनाने जाएँगे तो स्वयं कभी संतुष्ट नहीं रह पाएँगे। इसलिए आत्मविश्लेषण कर, अपने अंदर की विशेषताओं को खोजें और उन्हें सराहें।

इंसान को जो चीज़ नहीं मिलती है, उसे उसी चीज़ का ज़्यादा आकर्षण होता है। दूसरे की थाली में क्या परोसा गया है? उसे देखकर इंसान हमेशा दुःखी होता है। उसे जो आसानी से मिला है वह कितना खूबसूरत है, यह उसे कैसे समझाया जाए? यह समझाने के लिए ही कुछ रिश्ते आपके जीवन में आते हैं, जो आपको अपना दर्शन करवाते हैं। मगर क्या इन रिश्तों के प्रति हमारे मन में कृतज्ञता होती है? क्या आपको परिवार के प्रति हर दिन ग्रॅटिट्यूड की फीलिंग आती है? यदि नहीं तो आइए, परिवार में सकारात्मक तरंग लानेवाला चौथा कदम जानते हैं, 'पॉवर ऑफ ग्रॅटिट्यूड' अर्थात कृतज्ञता की शक्ति!

क्या आप चाहते हैं कि कुदरत की दृश्य-अदृश्य शक्तियाँ आपके पूरे परिवार को सफल और आनंदित जीवन दिलाने में आपकी सहायता करे? क्या आप चाहते हैं कि आपकी जीवन यात्रा में समृद्धि, चुस्ती, मधुर रिश्ते, सकारात्मक अभिव्यक्ति और पूर्णता हो? अगर आपका जवाब 'हाँ' है तो **कृतज्ञता की शक्ति** पहचानें।

कृतज्ञता यानी जो भी मिला है, उसके प्रति एहसानमंद होना... किसी चीज़ के प्रति धन्यवाद की भावना महसूस करना... मन में होनेवाली कृतार्थ भावनाओं का दिल से इज़हार करना। 'कृतज्ञता'... ये केवल शब्द नहीं, 'प्रेम भाव' है। इसी से आपकी जीवन यात्रा को सही दिशा मिलती है। परिणामस्वरूप, आप अज्ञान से ज्ञान की तरफ, अंधेरे से प्रकाश की तरफ, अंधश्रद्धा से आत्मश्रद्धा की तरफ, आंतरिक संघर्ष से परमशांति की तरफ, असफलता से सफलता की तरफ और अस्वास्थ्य से स्वास्थ्य की ओर बढ़ते हैं। इसीलिए आप अब दोनों हाथ खोलकर, खुलकर कहें- **'मुझे जीवन में आज तक जो भी रिश्तेदार मिले हैं, उनके लिए मैं कृतज्ञ हूँ, एहसानमंद हूँ... मेरे परिवार के लिए धन्यवाद... धन्यवाद... धन्यवाद!'**

कुदरत का एक नियम आज ही अपने मन में पक्का कर लें- **'देने से बढ़ता है, लेने से घटता है।' अर्थात जिस चीज़ के प्रति आपके मन में कृतज्ञता भाव उठता है, वह चीज़ बढ़ती है।**

आज आपके पास जितना भी धन है, अगर आप उसके प्रति कृतज्ञ नहीं हैं तो आपके जीवन में समृद्धि कैसे आ सकती है? यह बात सिर्फ आर्थिक स्तर के लिए ही नहीं बल्कि आपके रिश्तों के लिए भी लागू होती है। इसके पीछे कारण है, विचार नियम जो बताता है कि कृतज्ञता के साथ आप सकारात्मकता और समृद्धि

आकर्षित करनेवाले चुंबक बन जाते हैं। परिणामस्वरूप, आपके पास होनेवाली सभी चीज़ों में बढ़ोतरी होती है।

यकीन मानें, आपका हर विचार और भावना एक 'बीज स्वरूप' है। एक बीज में पूरा जंगल समा जाता है। एक फल में कितने बीज हैं, यह तो आप देख सकते हैं। परंतु आप कभी भी यह नहीं जान सकते कि एक बीज में कितने फल हैं। अतः जो बीज आप बोते हैं, उनमें से जो फल निकलेंगे, वे कई गुना बढ़कर निकलेंगे। कुदरत का नियम है कि वह आपको हर बीज का फल कई गुना बढ़ाकर वापस देती है, फिर चाहे वह बुराई का बीज हो या अच्छाई का। आप उसे जो देते हैं, वह केवल उस चीज़ को लेती है और आपको ही अधिक मात्रा में वापस देती है। यदि आप कुदरत को धन्यवाद के रूप में कृतज्ञता का बीज देंगे तो आप अनुभव करेंगे कि पूरा विश्व आपको धन्यवाद दे रहा है, वह भी कई गुना बढ़ाकर। उसी तरह यदि आप कुदरत को कृतज्ञता का बीज देंगे तो वह उसे भी आपको लौटाएगी, वह भी कई गुना बढ़ाकर।

हर चीज़ को धन्यवाद दें

अगर आप चाहते हैं कि कृतज्ञता की शक्ति से आपका जीवन सफल बने तो आज से, अभी से सभी चीज़ों को धन्यवाद देना शुरू करें। जब भी आप सुबह उठें तो रोशनी के लिए सूरज को धन्यवाद दें... नया दिन दिखाने के लिए ईश्वर को धन्यवाद दें... भोजन के लिए किसान को, कुदरत को और जिसने खाना पकाया, परोसा उसे भी धन्यवाद दें... जिस धरती का सहारा लेकर आप चलते हैं, उसे धन्यवाद दें और जिस परिवार के बलबूते पर आप जीवन के इस मोड़ पर आए हैं, उसे भी धन्यवाद दें।

अल्बर्ट आइनस्टाइन एक प्रतिभाशाली, रचनात्मक वैज्ञानिक थे। उनसे जब उनकी सफलता का राज़ पूछा गया तब उन्होंने कहा, 'मैं हर चीज़ के लिए दिल से धन्यवाद देता हूँ, बस! जब भी मेरी कोई सहायता करता है तब उस इंसान के प्रति मेरे मन में दिनभर में सौ से अधिक बार धन्यवाद उठते हैं।'

तो सोचिए, पारिवारिक सदस्यों के प्रति हमारे मन में कितने धन्यवाद के भाव उठने चाहिए! सच्चा जीवनसाथी, सुखी परिवार, प्रेम, शांति, आनंद, समृद्धि, समय, स्वास्थ्य (good health), खुशी, पैसे, रिश्तों में मिठास, तन और मन में भरपूर ऊर्जा, सफलता के शिखर पर ले जानेवाले गुण, जीवन की सुंदरता बढ़ानेवाला ज्ञान, आध्यात्मिक समझ... ऐसी कई सारी चीज़ें कुदरत में भरपूर हैं और सभी के लिए हैं। जो इनके प्रति सदैव कृतज्ञ रहते हैं, उन्हीं के जीवन में सब कुछ भरपूर आता है। अगर कृतज्ञता की शक्ति आप आज ही पहचान गए तो आपका परिवार खुशी से झूम

उठेगा क्योंकि एक कृतज्ञ इंसान सिर्फ खुशी ही फैला सकता है।

अपनी नियामतें गिनें

कृतज्ञता के ज्ञाता बनने हेतु तैयार हो जाएँ... अपनी नियामतें गिनने के लिए।

अपनी डायरी लेकर बैठें और सारी नियामतों को गिनकर आज ही उन्हें अपनी डायरी में लिख लें। यदि आप छोटी से छोटी चीज़ के प्रति भी कृतज्ञ रहते हैं तो कुदरत आपकी ओर सर्वोत्तम चीज़ें भेजना शुरू करती है।

अब नीचे दिए हुए मुद्दों पर मनन करें कि आपको परिवार में कौन-कौन सी नियामतें मिली हैं :

१. आपका पूरा परिवार

२. जीवन की पाठशाला में आपकी पहली गुरु है- आपकी माँ, जिसने आपको यह विश्व दिखाया, जिसका बेशर्त प्रेम पाते हुए आप पले-बढ़े।

३. आपके पिताजी, जिन्होंने आपका जीवन सहज, सुंदर और सफल बनाने हेतु कई कष्ट उठाए। उन्होंने अपनी ज़रूरतें बाजू में रखकर आपकी चाहतें पूरी की। आप जीवन में तरक्की करें इसलिए उन्होंने हर संभव प्रयास किया।

४. आपका भाई, जिसके साथ खेलते- कूदते हुए आप बड़े हुए, जिसने आपका भाव जगत् समृद्ध किया, ज़रूरत के समय आपकी सहायता की।

५. आपकी बहन, जिसने लाड़-प्यार के जरिए आपके जीवन में मिठास लाई। जिसने रक्षाबंधन से लेकर हर त्योहार में आपके आनंद में बढ़ोतरी की। आपको होनेवाली हलकी सी तकलीफ को महसूस किया।

६. आपके परिवार पर सुसंस्कार करनेवाले दादा-दादी, नाना-नानी जैसे बुज़ुर्ग सदस्य। उनके आशीर्वाद सदा आपके साथ रहते हैं। उनके लिए जीने की सबसे बड़ी वजह सिर्फ आप हैं।

७. आपके चाचा-चाची, मामा-मामी और अन्य सभी रिश्तेदार, जिन्हें आपकी सफलता पर फक्र महसूस होता है। उनकी प्रेरणा और प्यार की वजह से आप सफलता की नई पायदान चढ़ पाए।

८. आपका घर, घर में होनेवाली सभी चीज़ें जैसे- आपका फर्निचर, मोबाईल, कंप्यूटर, आपका बेडरूम जो आपको पूरा आराम देता है, हर वह चीज़ जिसका आप इस्तेमाल करते हैं। आपकी गाड़ी, साइकिल जिसके सहारे आप कहीं पर भी आसानी से पहुँच जाते हैं। आपके घर में होनेवाली पुस्तकें, मैगज़ीन जो आप तक ज्ञान पहुँचाने के लिए निमित्त बनती हैं। यकीन मानें, ये

सभी निर्जीव चीज़ें भी आपके परिवार का ही हिस्सा हैं क्योंकि जिस परिवार में आप खुशियाँ मनाते हैं, उन सभी यादगार पलों के ये साक्षी हैं।

यहाँ उदाहरण के तौर पर कुछ ही बातें दी गई हैं मगर आप इस सूची को जितना बढ़ाएँगे, उतना कम ही है क्योंकि परिवार में होनेवाली ऐसी अनगिनत चीज़ें आपकी नियामतें हैं। इसलिए धन्यवाद देने में कभी भी कंजूसी न करें ताकि देनेवाला (कुदरत, ईश्वर, सेल्फ) आपका परिवार समृद्ध करे।

ज़िंदगी का सफर तब सुहाना बनता है, जब परिवार के प्रति आपके हृदय में 'कृतज्ञता' और होठों पर 'धन्यवाद' होता है।

तो चलिए, जीवन की इस यात्रा को यादगार और सफल बनाने के लिए सभी रिश्तेदारों को कहें, 'मेरे जीवन में होने के लिए आपका बहुत बहुत धन्यवाद... Thank you for being in my life!' पूरे ब्रह्मांड को दिल से कहें, 'मेरे जीवन में होने के लिए आपका धन्यवाद... Thank you for being in my life!'

मनन प्रश्न :

▶ क्या मैं हर दिन परिवार के लिए कृतज्ञ रहता हूँ?

कार्ययोजना :

▶ कृतज्ञ होने के लिए अपने तीन सबसे करीबी संबंधों को चुनें (उदा. पत्नी, पति, बच्चे, माँ या पिता), जिन्हें आप महत्वपूर्ण मानते हैं। बस ज़रूरी यह है कि आपके पास हर संबंधित सदस्य की तसवीर हो। वह तसवीर अकेले सदस्य की भी हो सकती है या उसमें आप भी उस सदस्य के साथ मौजूद हो सकते हैं।

▶ अब सुकून से बैठकर उन चीज़ों के बारे में सोचें, जिनके लिए आप उस सदस्य के प्रति सबसे अधिक कृतज्ञ हैं। उस सदस्य में ऐसी कौन सी खूबियाँ हैं, जिनसे आप सर्वाधिक प्रेम करते हैं? उसके सर्वश्रेष्ठ गुण कौन से हैं? आप उसके धैर्य, सुनने की योग्यता, काबिलीयत, शक्ति, विवेक, बुद्धिमानी, हँसी, हास्यबोध, मुस्कान या दयालु हृदय के लिए कृतज्ञ हो सकते हैं।

▶ आप उन चीज़ों के लिए कृतज्ञ हो सकते हैं, जिन्हें उस सदस्य के साथ करने में आपको सबसे अधिक आनंद आता है। आप वह समय याद कर सकते हैं, जब उस सदस्य ने आपका साथ दिया, आपको समझा, आपकी परवाह की या आपको सहारा दिया।

अध्याय 13

सुनहरा विचार

पाँचवाँ उपाय

अब तक हमने परिवार के लिए अत्यंत लाभदायक विचार नियम जानें। अब हम एक सुनहरा नियम जाननेवाले हैं, जो हमारे सभी रिश्तों में चार चाँद लगाएगा।

सभी जानते हैं कि इंसान एक सामाजिक प्राणी है। समाज में रहकर ही वह विकास करता है। लेकिन आज समाज हम किसे कहें? किसी जाति को समाज कहें या किसी संप्रदाय को? समाज को इन तत्त्वों से परे रखना चाहिए। उच्चतम समाज चेतना के उच्च स्तर से ही बन सकता है।

समाज शब्द का अर्थ यहाँ व्यापक रूप से लिया गया है। इसमें आपका परिवार तो आया ही, साथ ही साथ आपके पड़ोसी, रिश्तेदार, आपका बॉस, आपके कार्यालय में काम करनेवाले लोग, आपके मित्र और हितचिंतक सभी आ गए। यदि हम चाहते हैं कि हमारे सामाजिक संबंध बेहतर हों तो हमें विचार नियम के साथ 'सुनहरे नियम' को जानकर, उसका उपयोग शुरू करना होगा। ऐसा करने से हमारे सामाजिक संबंध सचमुच अच्छे हो सकते हैं।

यह गोल्डन रूल- सुनहरा नियम गुरुनानक, जीज़स, मोहम्मद, कृष्ण, बुद्ध, महावीर आदि महान संतों ने बताया है लेकिन उसका असली अर्थ हम तक पहुँचते-पहुँचते खो गया, उनमें से कुछ शब्द लुप्त हो गए। जो शब्द लुप्त हुए, वही असली ज्ञान था, वही अर्क था, शुद्ध था, संपूर्ण था। वह लुप्त ज्ञान आज फिर से प्रकट हो, यह आवश्यक है। अगर वह लुप्त ज्ञान हमें वापस मिला तो यह सुनहरा नियम सही तरीके से काम करेगा।

'लोगों के साथ ऐसा व्यवहार करें, जैसा आप चाहते हैं, लोग आपसे करें', यहाँ तक सभी जानते हैं। आप यदि चाहते हैं कि लोग आपके साथ आदर से बात करें तो आप लोगों को आदर दें। यदि आप चाहते हैं कि लोग आपकी बातें सुनें

तो आप भी लोगों की बातें सुनें। यदि आप चाहते हैं कि लोग आपकी मदद करें तो आप भी लोगों की मदद करना शुरू कर दें। यह बहुत आसान और तर्कयुक्त लगता है। लेकिन इसमें कुछ छूटी हुई कड़ी है, जिसकी वजह से लोगों को सही परिणाम नहीं मिल रहा है। वास्तविक सुनहरा नियम, गोल्डन रूल यह था, है और सदा रहेगा...

'लोगों के साथ ऐसा व्यवहार करें,

जैसा आप चाहते हैं कि लोग आपसे

जो आप हैं, वह बनकर व्यवहार करें'

इस नियम का वास्तविक अर्थ है- आप लोगों के साथ वैसे ही व्यवहार कर रहे हैं, जैसे कि वे शरीर हैं। अगर राजा के साथ लोग ऐसे व्यवहार करें, जैसे वह भिखारी है तो उस राजा को क्या करना चाहिए? वह उनसे वैसे ही व्यवहार करेगा, जैसे वह चाहता है। वह लोगों की गलत मान्यता में अपना असली स्वरूप नहीं भूलेगा। वह राजा बनकर ही अपनी प्रजा का खयाल रखेगा।

कहने का अर्थ अपने असली स्वरूप को जान लेने के बाद आप सामनेवाले को भी उसी तरीके से देखने लगें, जानने लगें तो सुनहरा नियम काम करने लग जाएगा क्योंकि यह नियम सभी के लिए उपयुक्त है। यह इतना सुंदर, सहज, सरल नियम होने के बावजूद लोगों को लाभ नहीं दे रहा है क्योंकि इसका असली अर्थ आज खो चुका है।

इस नियम को समझने के लिए हमें पहले जानना होगा- 'हकीकत में मैं कौन हूँ?' और 'मैं जो हूँ' लोग उसके (मेरे) साथ व्यवहार कर रहे हैं तो वह कैसा होना चाहिए। यदि मैंने अपने आपको पहचान लिया है तो मैं लोगों को बता सकता हूँ कि 'आप मेरे साथ ऐसा-ऐसा व्यवहार करें।' वरना कोई किसी से कहे कि 'तुम बड़े स्मार्ट हो' तो सामनेवाला बहुत खुश होता है और यदि उसे कहा जाए कि 'तुम मूर्ख हो' तो उसे बड़ा दुःख होता है। ऐसा क्यों होता है? क्योंकि हमने अपने आपको नहीं जाना है। जब हमने अपने आपको ही नहीं जाना तो सामनेवाले को कैसे जानेंगे?

सुनहरा नियम न जानने की वजह से लोग हमेशा दूसरों से कुछ न कुछ उम्मीद लेकर ही जीवन जीते हैं। उम्मीदें पूरी हुईं तो वे खुश होंगे वरना दुःख उनके साथ संपूर्ण जीवन चलता रहेगा।

यहाँ पर आपको समझ में आएगा कि 'मैं स्मार्ट नहीं, मूर्ख नहीं, बुद्धि नहीं, मन नहीं, हॅपी नहीं बल्कि हॅपीनेस हूँ।' इस समझ के साथ दूसरों के साथ आपका

व्यवहार सकारात्मक तौर पर बदल जाएगा। सामनेवाले को यह ज्ञान नहीं है या है, इससे आपको कोई फर्क नहीं पड़ेगा। आप उसे समझ के साथ ही प्रतिसाद देंगे क्योंकि वह वास्तव में कौन है, यह अब आपको मालूम है।

'लोगों के साथ ऐसा व्यवहार करें, जैसा आप चाहते हैं कि लोग आपसे जो आप हैं, व्यवहार करें', इसका अर्थ असल में इंसान जो है, वह जानकर उसके साथ व्यवहार करें। इंसान शरीर नहीं बल्कि वह असीम, अनंत अस्तित्त्व है... वह तो साक्षात परमचैतन्य है। परिवार और समाज में होनेवाले रिश्ते बेहतर बनाने का राज़ है कि हम सामनेवाले इंसान में होनेवाले उस उच्चतम चेतना को, परमचैतन्य को जानते हुए उससे व्यवहार करें। वरना अज्ञान और बेहोशी में हम उसे शरीर समझकर उसके साथ व्यवहार करते हैं।

सुनहरा नियम पढ़कर एक पल आपको लगेगा कि यह बहुत कठिन है, यह शायद हमसे नहीं होगा लेकिन जब आप इसका उपयोग करेंगे तब आपको यह नियम सहज लगने लगेगा क्योंकि वह आपका स्वभाव है। अपने ही स्वभाव अनुसार जीने के लिए किसी को कोई कष्ट नहीं करना पड़ता। जब हम अपने स्वभाव के विपरीत काम करते हैं तब हमें बार-बार सुनहरा नियम याद करना पड़ता है।

सुनहरा नियम बुद्धि एवं मन नहीं मानते लेकिन हृदय से तो हमें लगता है कि यही सत्य है, जो हमें अंदर कहीं छू रहा है। आज तक हम जो नहीं थे उसके बारे में बहुत कुछ सोचते आए हैं मगर आज पहली बार हमें हम जो हैं, उसके बारे में सोचना है।

जब आपको स्वयं का ज्ञान होगा तब सुनहरे नियम के अनुसार जीवन जीना बहुत आसान होगा। रिश्तों में यह नियम आपको बहुत काम में आनेवाला है। इस नियम पर काम करके आपके रिश्ते अच्छे होंगे, आपके रिश्तों में मधुरता एवं प्रेम बढ़ेगा। आपके द्वारा सबके लिए आदरयुक्त व्यवहार होगा। आपको जीवन में सभी का सहकार्य मिलेगा।

आज यह सुनहरा नियम प्रकट रूप में पूर्ण होकर सामने आया है कि 'लोगों के साथ ऐसा व्यवहार करें, जैसा आप चाहते हैं कि लोग आपसे **जो आप हैं,** व्यवहार करें। इस नियम में 'जो आप हैं' यह शब्दावली बहुत ही गहरी और महत्वपूर्ण है। इसका वास्तविक अर्थ है 'आपका असली स्वरूप'... हर इंसान का असली स्वरूप अत्यंत असीम और निराकार है। इसे दूसरे शब्दों में यूँ कहा जाएगा- शरीर, मन, बुद्धि के पार होनेवाली उच्चतम चेतना ही आपका असली स्वरूप है। जिसे ध्यान में रखते हुए आपको पारिवरिक सदस्यों के साथ व्यवहार करना है।

इस नियम में यही वे महत्वपूर्ण शब्द (जो आप हैं) थे, जिनके लुप्त होने की वजह से लोगों को उसके परिणाम नहीं मिल रहे हैंमगर अब समय आया है इसकी शुरुआत आप अपने परिवार से करें... आज से, यहीं से, अभी से।

मनन प्रश्न :

▶ क्या मैं हर रिश्तेदार के असीम अस्तित्त्व को जानते हुए, उससे बरताव करता हूँ?

कार्ययोजना :

▶ अपने सभी रिश्तों में विचार नियमों के साथ-साथ 'सुनहरा नियम' भी अमल में लाएँ।

अध्याय 14

सुखी परिवार का हथियार

छठवाँ उपाय

आप जानते हैं कि शतरंज का खेल अकेले नहीं खेला जाता। यह खेल खेलने के लिए आपको कम से कम एक साथी की आवश्यकता पड़ती है। एक चाल आप चलते हैं, एक चाल सामनेवाला चलता है। हर चाल के साथ खेल और रोचक बनता जाता है। अब कल्पना करके देखें, खेल-खेल में यदि आपका विरोधी गलत या टेढ़ी चाल चले तो क्या आपको दुःख होगा? नहीं न!

बिलकुल इसी तरह आपके परिवार रूपी शतरंज के खेल में अगर कोई आपके विरुद्ध खेलता है, आपको हर बार मात देता है, नई-नई चालें चलता है तब आप क्या करते हैं? अगर आप दुःखी और परेशान होते हैं तो आपने इस खेल को समझा ही नहीं। दरअसल सामनेवाला इंसान आपके जीवन में आपका सहभागी बनकर आया है। वह आपके अंदर छिपे गुणों को जगाने के लिए आपको मजबूर करेगा। आपकी अच्छाई को प्रकट करने में आपका सहायक बनेगा। आपके जीवन में यदि ऐसा इंसान है तो वह आपको निखारने के लिए ही आया है। वास्तव में इस खेल में आपको जिताने के लिए ही सारी व्यवस्था की गई है।

देखा जाए तो हरेक के जीवन में कोई न कोई नकारात्मक भूमिका निभानेवाला होता ही है। किसी के जीवन में एक तो किसी के जीवन कई होंगे। जो भी लोग आपके जीवन में नकारात्मक भूमिका निभा रहे हैं, वे सभी प्रेम की वजह से निभा रहे हैं। यह बात वे भी भूल गए हैं और आपको यह रहस्य पता नहीं है। मगर अब आपको एक ऐसा हथियार मिलेगा, जो आपके परिवार में केवल आनंद का प्रकाश फैलाएगा। यह हथियार है खोज का। यहाँ खोज करने हेतु आपके सामने एक तकनीक दी जा रही है। आइए, समझते हैं वह कौन सी तकनीक है, जिससे आपका परिवार शिकायत शून्य हो जाए।

खोज की तकनीक – परिवार को दर्पण बनाना

यह एक शक्तिशाली तरीका है, जिसमें आपके रिश्तेदार आपके लिए आइने का काम करते हैं। आपको यह तरीका इसलिए अपनाना है ताकि चौथा विचार नियम आपके जीवन में स्पष्ट हो जाए, जो कहता है– **'दुनिया वैसी नहीं है, जैसी आपको दिखती है। दुनिया वैसी है, जैसे आप दुनिया के बारे में विचार रखते हैं, जैसे आप हैं।'** मिसाल के तौर पर यदि आपके मन में किसी रिश्तेदार के प्रति ऐसा विचार आता है कि 'फलाँ–फलाँ गैरज़िम्मेदार और अव्यवस्थित है' या 'फलाँ–फलाँ मुझे नज़रअंदाज करता है' तो आपको यह खोज करनी है कि आप कहाँ–कहाँ पर गैरज़िम्मेदार और अव्यवस्थित हैं और कब–कब स्वयं को नज़रअंदाज करते हैं। अपने जीवन के सभी प्रमुख पहलुओं– शारीरिक, मानसिक, सामाजिक, आर्थिक और आध्यात्मिक पर इसी तरह खोज कर, स्वयं को सच्चाई बताकर, उसका सामना करें।

इसके लिए खुद से नीचे दिए गए सवाल पूछें :

- ❖ क्या मैं अपनी सेहत के मामले में गैरज़िम्मेदार हूँ?
- ❖ क्या मैं अपनी सेहत को नज़रअंदाज करता हूँ?
- ❖ क्या मैं अपने आर्थिक नियोजन में अव्यवस्थित हूँ?
- ❖ क्या मैं मित्रों और परिवारवालों के साथ अपने संबंधों को नज़रअंदाज करता हूँ?

आइए, अब अन्य उदाहरणों द्वारा हम परिवार में सही खोज करने का तरीका समझते हैं। यहाँ **आपके मन में उठनेवाला शिकायती विचार और खोज के लिए सवाल दिया गया है।**

शिकायत – मेरा बच्चा हमेशा रोता रहता है

खोज – मैं कैसे रोता हूँ, जब कोई रिश्तेदार मुझे ध्यान नहीं देता है... जब कोई चीज़ मेरे दिमाग को परेशान करती है तो मैं कैसे निराश होता हूँ? मेरा बच्चा रो नहीं रहा, मुझे कुछ बोल रहा है।

शिकायत – मेरा भाई मुझे नज़रअंदाज करता है

खोज – मैं अपने शरीर और मस्तिष्क को कैसे नज़रअंदाज करता हूँ? मैं दूसरों को कैसे नज़रअंदाज करता हूँ? मैं कैसे पैसों को नज़रअंदाज करता हूँ? मैं कैसे अपने

गुरु को नज़रअंदाज करता हूँ? मेरा भाई मुझे जगा रहा है, मुझसे खोज करवा रहा है।

शिकायत - मेरा पति बिलकुल सहयोगी नहीं है

खोज - मैं अपने शरीर की आवश्यकताओं के साथ कैसे सहयोग नहीं करती हूँ? मैं कब दूसरों को सहयोग नहीं करती? मेरा पति मुझे आत्मनिर्भर बना रहा है।

इन पर विचार करते ने पहले मुख्य समझ याद रखें कि विचार नियमों के अनुसार- **आपके जीवन की सारी घटनाएँ और स्थितियाँ आपके भीतर चल रही अवस्था का आइना है।** इसलिए अगर आप इस बात पर नाखुश हैं कि आपको दूसरों से कभी मदद नहीं मिलती तो इसका मतलब यह हो सकता है कि आप खुद अपनी मदद नहीं कर रहे हैं। यदि शिकायत यह है कि लोग बुरे हैं तो हो सकता है कि आप दूसरों के प्रति बुरा व्यवहार करते हैं या मन में उनकी बुराई करते हैं और यह भी हो सकता है कि आप खुद के प्रति बुरा व्यवहार करते हैं!

आपने अब तक समझा कि शिकायती विचारों को कैसे आइना बनाना है। जब कोई शिकायत आपके मन में उत्पन्न होती है, जो परिवार की ओर उँगली उठाती है तब आप स्वयं से कुछ सवाल पूछकर विचारों की दिशा मोड़ सकते हैं। जिसके द्वारा आप कुछ बातों पर गहराई से मनन कर सकते हैं। अगर आपके मन में होनेवाला विचार यह है कि 'फलाँ-फलाँ रोता रहता है तो 'मैं क्यों, कब और कैसे रोता हूँ,' के साथ आप 'रोने' शब्द की जगह पर 'चिंता... निराशा... चिल्लाना' आदि शब्द भी ले सकते हैं।

आइए, एक और उदाहरण से समझते हैं कि संसार आपके मन की आंतरिक अवस्था का प्रतिबिंब कैसे दिखाता है। जो विद्यार्थी एक शिक्षक की कक्षा में शांत रहते हैं, वहीं दूसरे शिक्षक की कक्षा में आसमान सिर पर क्यों उठा लेते हैं? जवाब इस बात पर निर्भर करता है कि शिक्षक खुद के साथ कैसा है। पहला शिक्षक खुद की बात सुनता है। चूँकि संसार एक आइना है इसलिए दूसरे उसकी बात सुनते हैं। दूसरा टीचर शायद अपने प्रति समर्पित नहीं है इसलिए दूसरे उसे गंभीरता से नहीं लेते हैं। बाहर जो हो रहा है, वह भीतर होनेवाली चीज़ का आइना है। इसलिए जब कोई आपको नज़रअंदाज करता है तो यह आपके लिए बेहतरीन अवसर है कि आप भीतर झाँककर देखें कि आप खुद को कहाँ-कहाँ नज़रअंदाज करते हैं। फिर ऐसा करना बंद कर दें।

आनंदित जीवन जीने के लिए एक और बात पर गौर करें, केवल साम नेवालेवाले को आइना बनाकर भीतर देखने मात्र से आपको आनंद या संतुष्टि

महसूस नहीं होगी। आप तब संतुष्टि पाते हैं, जब आप स्वयं में परिवर्तन करने का संकल्प लेते हैं। मिसाल के तौर पर जब आपका आइना आपको बताता है कि आप दूसरों में सदा दोष देखते हैं तब आप दोष देना छोड़ने का निर्णय लेकर एक मानसिक कार्ययोजना बना सकते हैं।

इसी के साथ अगला कदम आता है, नई समझ के साथ वास्तविकता को दोबारा देखना और उसके अनुसार काम करना। खोज करने से आप एक स्वाभाविक, सुखद अवस्था पर लौट आएँगे। नतीजन ऐसी सुखद, स्वाभाविक और स्पष्ट अवस्था से किए गए सारे कार्य सही होते हैं। साथ ही जो भी आंतरिक परिवर्तन आप करते हैं, वह अपने आप बाहरी जगत् में भी प्रकट होते हैं।

आँख को खुद को देखने के लिए एक आइने की ज़रूरत होती है

अब तक आप इस हकीकत से वाकीफ हुए होंगे कि आप संसार में जो भी देखते हैं, वह आपको अपने बारे में बताता है वरना आप खुद को कैसे जानेंगे? आँख को खुद को देखने के लिए एक आइने की ज़रूरत होती है। इसी तरह, इंसान को भी अपनी खुद की कमियाँ पहचानने के लिए रिश्तों और घटनाओं के आइने की ज़रूरत होती है। रोज़मर्रा के जीवन में आपका सामना कई घटनाओं से होता है। इन घटनाओं को इस तरह देखें कि ये आपके मन की अशुद्धियों को शुद्ध करने का साधन है ताकि आपका मन शुद्ध बन जाए।

मान लीजिए, आपके पास एक गिलास पानी है, जो बाहर से बिलकुल साफ नज़र आता है। आप स्वाभाविक रूप से मान सकते हैं कि इसमें कोई अशुद्धि नहीं है। मगर जब कोई पानी को हिलाता है तब नीचे जमी गंदगी उठकर सतह पर आ जाती है, जिससे पानी गंदा दिखने लगता है। ऐसे में क्या आप गुस्सा होंगे और पानी को गंदा करने के लिए उस इंसान को दोष देंगे, जिसने पानी हिलाया? नहीं। इसके बजाय, आप उस इंसान को धन्यवाद ही देंगे। गंदगी पानी में पहले से ही थी लेकिन पानी को हिलाते ही आपका ध्यान उस पर गया। हिलाने की क्रिया ने गंदगी को प्रकाश में लाने के लिए आइने का काम किया।

यही हमारे जीवन में भी होता है। जब हमारा सामना मुश्किल स्थितियों या लोगों के साथ होता है तब हम हिल जाते हैं और हमारी वृत्तियाँ (पैटर्नस्) अपना सिर उठाती हैं। तब यह बात ध्यान में रखें कि ये घटनाएँ और लोग आइने का काम कर रहे हैं, जो आपके मन में छिपे क्रोध, नफरत, ईर्ष्या और लोभ जैसे पैटर्नस् को प्रकाश

में लाते हैं। जब आपमें यह समझ दृढ़ होगी तब आप उन सभी मुश्किल स्थितियों और लोगों के प्रति कृतज्ञ होंगे, जिनसे रोज़मर्रा के जीवन में आपका सामना होता है। साथ ही आप अपनी कमियों और झूठी मान्यताओं से स्वयं को मुक्त कर पाते हैं।

मनन प्रश्न :

▶ 'परिवार मेरा आइना कैसे है?' मनन करके लिखें।

▶ शिकायत, समस्या, दुःख इत्यादि को आप अपने लिए आइना कैसे बनाएँगे?

कार्ययोजना :

▶ परिवार से संबंधित आपके मन में होनेवाली कम से कम तीन शिकायतें लिखें और उस पर खोज करें–

१. शिकायत ---------------------------------

खोज ---------------------------------

२. शिकायत ---------------------------------

खोज ---------------------------------

३. शिकायत ---------------------------------

खोज ---------------------------------

अध्याय 15

हर परिवार का अंतिम लक्ष्य

सातवाँ उपाय

किसी शहर में सात मंज़िली इमारत थी। हर मंज़िल पर एक दंपति रहा करते थे। रोज़ शाम को सातों मंज़िल की महिलाएँ नीचे पार्किंग में इकट्ठा होकर गपशप किया करती थीं। एक दिन उनकी गपशप बड़ी रंग लाई। विषय रोचक था- 'पति-पत्नी की नोक-झोंक और परिवार में चलनेवाली तू-तू-मैं-मैं'।

पहली मंज़िल पर रहनेवाली महिला ने कहा- 'स्वादिष्ट भोजन मेरे पति की कमज़ोरी है... खाने के मामले में उनके बड़े नखरे हैं... ज़रा भी ऊँच-नीच उन्हें पसंद नहीं आती... कभी नमक कम तो कभी मिर्च कम, इसी बात पर वे हमेशा लड़ते रहते हैं। फिर मैं भी चिढ़ जाती हूँ क्योंकि मैं अपने आपको पाक कला में माहिर समझती हूँ। परिणामतः 'मैं भी कुछ कम नहीं' के अंदाज में दोनों झगड़ते रहते हैं। मुझे लगता है कि शायद झगड़ा करना ही परिवार का उद्देश्य है।'

दूसरी मंज़िल पर रहनेवाली महिला ने अपनी कहानी बताई, 'मेरे पति को शाम के समय ऑफिस से आते ही तुरंत चाय लगती है। यदि समय पर उन्हें चाय नहीं मिली तो वे बरसने लगते हैं। अब मैंने तय कर लिया है कि इस आदत से पतिदेव छुटकारा पाएँ तो ही हमारे बीच सब कुछ ठीक-ठाक होगा।'

इतने में तीसरी मंज़िल पर रहनेवाली महिला बोली, 'मेरे पति को बाहर घूमना-फिरना अच्छा नहीं लगता। मैं तो सारा दिन घर में बैठे-बैठे बोर हो जाती हूँ, शाम को ज़रा बाहर टहल आओ तो दिनभर की थकान गायब हो जाती है। अब वे ऑफिस से लौटते हुए मुझे खुश करने के लिए कभी फूल तो कभी गरम-गरम पकौड़े लेकर आते हैं। मैं भी फिर खाने की प्लेट पटकने के बजाय ज़रा प्रेम से खिलाती हूँ।'

चौथी मंज़िल पर रहनेवाली महिला ने कहा, 'हमारी तो सुबह-सुबह चाय

बनाने पर लड़ाई होती है। अब देखो न, मायके में मैंने हमेशा अपने पिताजी को सुबह की चाय बनाते हुए देखा है। फिर मेरे पति क्यों नहीं बना सकते? वे कहते हैं कि सुबह की चाय बनाने का काम तुम्हारा है।'

पाँचवीं मंज़िल पर रहनेवाली महिला इस विषय पर थोड़ा सोच-समझकर बोली, 'वास्तव में अब मैं जान गई हूँ कि पति-पत्नी के बीच जो झगड़े होते हैं, वे वास्तविकता में विचारों के झगड़े हैं। अलग-अलग घरों से आए दो लोगों की धारणाएँ अलग-अलग होती हैं। इन विभिन्न धारणाओं के कारण ही मनमुटाव होता है वरना तो हम एक-दूसरे से बहुत प्रेम करते हैं।'

छठी और सातवीं मंज़िल पर रहनेवाली महिलाएँ चुपचाप सबकी बातें सुन रही थीं। 'आप दोनों भी कुछ कहें' ऐसा कहकर सभी ने उनसे आग्रह किया। तब छठी मंज़िल पर रहनेवाली महिला ने कहा, 'मैं और मेरे पति के स्वभाव और रुचियों में बहुत फर्क है लेकिन फिर भी हमें एक-दूसरे से कोई शिकायत नहीं है। मुझे लगता है कि ऐसा होना कृपा है क्योंकि हम एक-दूसरे के पूरक हैं। जो कमी उनमें है, मैं उसे पूरा कर देती हूँ और जो कमी मुझमें है, वहाँ वे अपना कौशल दिखा देते हैं। इस तरह हमारे जीवन की गाड़ी का संतुलन सही बना रहता है। हमने प्रेम के कारण एक-दूसरे को स्वीकारा है, किसी समझौते की खातिर नहीं।'

उसकी बातें सुनकर सभी एक-दूसरे का मुँह ताकने लगीं। सभी सोचने लगीं, 'क्या हमारे साथ भी ऐसा हो सकता है?' अब सातवीं की बारी थी। अत्यंत शांत स्वर में सातवीं महिला ने कहा, 'मैं संतुष्टि और प्रेम से इतनी भरी हूँ कि सिर्फ बाँटने में ही मुझे आनंद मिलता है। मुझे इतना ही कहना है।' उसका यह कथन सुनकर सभी हैरान रह गईं।

पाठकों, इस कहानी में छिपे हुए गहरे अर्थ को समझें। पृथ्वी पर रहनेवाले हर इंसान की चेतना (सजगता) अलग है। किसी की चेतना निम्नतम है तो किसी की निम्न... कोई चेतना के पहले स्तर पर है तो कोई चेतना के मध्यम स्तर पर है। मगर कुछ ही गिने-चुने लोगों की चेतना उच्चतम (सातवें स्तर की) है। स्मरण रहे, पृथ्वी पर आप चेतना के जिस स्तर पर जीवन बिताते हैं, उसी स्तर पर इंसान को 'मृत्यु उपरांत जीवन' भी बिताना पड़ता है।

मनुष्य जीवन का लक्ष्य है, 'चेतना के सर्वोच्च स्तर पर उच्चतम अभिव्यक्ति करना'। जब इंसान 'मैं कौन हूँ' यह अनुभव से जानता है तब उसे संपूर्ण संतुष्टि का एहसास होता है क्योंकि अब वह 'अंतिम सत्य' में स्थापित होता है। अंतिम

सत्य यानी जीवन का वह रहस्य, जो भगवान महावीर, गौतम बुद्ध, मोहम्मद पैगंबर, गुरुनानक, संत ज्ञानेश्वर, संत तुकाराम, रामकृष्ण परमहंस, जीज़स जैसे कई आत्म साक्षात्कारी लोगों ने अनुभव से जाना।

'परिवार'- पृथ्वी पर होनेवाली सर्वोच्च व्यवस्था

'अंतिम सत्य' प्राप्त करते ही इंसान को 'उच्चतम आनंद' मिलता है। परिणाम स्वरूप उसके जीवन में बेशर्त प्रेम, परमानंद और गहरे मौन जैसे ईश्वरीय गुणों की अभिव्यक्ति होती है। आप भी यह अवस्था पा सकते हैं। इसके लिए आपको न संसार छोड़ने की ज़रूरत है, न ही कोई कर्मकांड करने की आवश्यकता है। बहरहाल आपके जीवन में यह अवस्था लाने के लिए ही 'परिवार' नामक सुंदर व्यवस्था बनाई गई। जी हाँ! आपके परिवार का 'अंतिम लक्ष्य' है, एक दूजे के लिए निमित्त बनकर आनंद की सर्वोच्च अवस्था में स्थापित होना।

सातवीं मंज़िल पर रहनेवाली महिला, 'मैं संतुष्टि और प्रेम से इतनी भरी हूँ कि सिर्फ बाँटने में ही मुझे आनंद मिलता है' ऐसा क्यों कह पाई? क्योंकि उसने पारिवारिक जीवन का असली राज़ जाना था। हालाँकि परिवार में रहना, सांसारिक जीवन जीना इसलिए आवश्यक है क्योंकि यहाँ पर आपका 'आध्यात्मिक अभ्यास' होता है। 'परिवार' अभ्यास का मैदान है। इसी मैदान पर अभ्यास करते-करते आपको वह चीज़ प्राप्त होगी, जिसे पाने के लिए आप इस पृथ्वी पर आए हैं। वह सत्य प्राप्त करने के बाद ही पता चलेगा कि 'परिवार' के निर्माण का उद्‌देश्य क्या था। 'परिवार' बनाया ही इसलिए गया है ताकि इसमें रहकर इंसान अपना कुल-मूल उद्‌देश्य (आत्मसाक्षात्कार) प्राप्त कर, आगे के जीवन में जाए क्योंकि जीवन पृथ्वी पर समाप्त नहीं होता।

'परिवार'- प्रेम और विश्वास के प्रकटीकरण का मौका

लोगों के जीवन में रिश्ते-नाते इसीलिए होते हैं ताकि इंसान विश्वास रखने की कला सीख पाए, प्रेम देने का भाव रख पाए। रिश्ते-नातों में धीरे-धीरे थोड़ा प्रेम खुलने पर आनंद आता है तो वह पूर्ण प्रकट होने का आनंद पाना चाहता है। वह स्वाद उसे मिल भी रहा होता है लेकिन माया में उलझकर इंसान उसी में फँसता चला जाता है। फलतः अपना उद्‌देश्य भूल जाता है। इसलिए पति-पत्नी के रिश्ते में प्रेम ज़रूर हो, मोह नहीं। वरना किसी भी रिश्ते में होनेवाला मोह अंत में दुःख का कारण बनता है। 'मोह' अहंकार का एक रूप है, 'प्रेम' ईश्वरीय गुण है। सच्चे प्रेम की अभिव्यक्ति करने के लिए ही इंसान को पृथ्वी पर परिवार मिला है। मगर इस

उद्देश्य को भूलकर पति-पत्नी छोटी-छोटी बातों में उलझ जाते हैं। हालाँकि स्वयं सत्य प्राप्त करना और अपने जीवन साथी के जीवन में सत्य लाने के लिए निमित्त बनना, यही वैवाहिक जीवन का असली उद्देश्य है। जिसे भूलने के बाद मोह-माया में उलझकर इंसान केवल अपनी इच्छाओं के शिकंजे में अटककर खुद गुलाम बनता है और अपने परिवार को भी बंदी बनाता है। जैसे पाँचवीं मंज़िल तक रहनेवाली सभी महिलाएँ अपने पति के बारे में नकारात्मक बातें ही कर रही थीं।

वाद-विवाद नहीं, केवल धन्यवाद

पाँचवें स्तर से ऊपर उठने के बाद छठा स्तर आता है, जहाँ विवाद समाप्त हो जाते हैं। 'वाद-विवाद नहीं, केवल धन्यवाद' यही ऐसे परिवारों का नारा होता है। फिर जो बचता है वह प्रेम नहीं बल्कि तेजप्रेम, परम प्रेम है। यह प्रेम और नफरत से परे का प्रेम है, जहाँ सौदेबाज़ी समाप्त हो जाती है। यहाँ बेशर्त प्रेम का प्रारंभ होता है।

इस स्तर पर आपसी संबंध लेन-देन पर निर्भर नहीं होता। 'तुम मेरे लिए यह करते हो तो मैं तुम्हारे लिए यह करूँगी। यदि तुम नहीं करते हो तो मैं भी नहीं करूँगी...' ऐसी सारी शर्तें समाप्त हो जाती हैं क्योंकि पति-पत्नी समझ जाते हैं कि बेशर्त प्रेम ही अपने आपमें पूर्ण है। दंपति स्वतंत्रता और आनंद की अवस्था में होते हैं। आनंद का स्रोत तेजप्रेम है क्योंकि यही आनंद का एक मात्र मार्ग है। यहाँ उनमें यह समझ आती है कि प्रेम वह नहीं है, जो आप लेते हैं बल्कि प्रेम वह है, जो आप देते हैं। फिर आपका ध्यान बेशर्त देने पर होता है। ऐसे में यदि सामनेवाला आपको बदले में कुछ देता है तो वह बोनस है। लेकिन छठे स्तर पर वे बोनस में नहीं उलझते। चेतना का यह स्तर दोनों की आध्यात्मिक समझ के उत्थान के साथ अपने आप बढ़ता है।

सातवें स्तर पर पति-पत्नी के बेशर्त प्रेम की पूर्ण अभिव्यक्ति होती है और तेजप्रेम अपनी मंज़िल पर पहुँच जाता है। अब बेशर्त प्रेम का सर्वोच्च रूप प्रकट होता है, जो है भक्ति। यह प्रेम की चरम अवस्था है, जो संत मीराबाई में भगवान कृष्ण के प्रति थी। उन्होंने अपने पूरे जीवनकाल में इसी को प्रदर्शित किया। ऐसा भक्तिमय दुर्लभ प्रेम, भक्त और भगवान या शिष्य और गुरु के बीच होता है।

उपरोक्त दिए गए स्पष्टीकरण से हमें यह भी समझना चाहिए कि पारिवारिक संबंधों में वास्तविक आनंद तभी पाया जा सकता है, जब आप पहले तीन स्तरों के पार पहुँच जाएँ। अब प्रश्न यह उठता है कि आज आप अपने परिवार में किस

स्तर पर काम कर रहे हैं? आप अपने जीवन में हर दिन क्या सृजन कर रहे हैं? इन पर मनन करें और अपनी चेतना का स्तर ऊपर उठाएँ।

'उच्चतम विकसित समाज'–आपके परिवार का लक्ष्य

केवल आनंद का सृजन करना ही परिवार का लक्ष्य है। एक इंसान आनंद प्राप्त करता है तो वह अपने परिवार को भी आनंदित कर सकता है। ऐसे आनंदित परिवार को देखकर आस-पास के बाकी परिवार भी प्रेरित होते हैं। सभी आनंदित और खुश परिवार के साथ ही रहना चाहेंगे। ऐसे एक आनंदित परिवार को देखकर दूसरा परिवार भी आनंदित होगा। दूसरे को देखकर तीसरा, तीसरे को देखकर चौथा, पाँचवाँ...। ऐसे अनेक आनंदित परिवार मिलकर एक आनंदित समाज बनाएँगे। फिर समाज से राज्य, राज्य से देश और देश से विश्व आनंदित होगा। इस तरह सच्ची आनंद की लहरें पूरे ब्रह्मांड में छा जाएँगी।

एक 'उच्चतम विकसित समाज' का अर्थ यही है कि वहाँ सिर्फ धन की अपेक्षा नहीं है। यहाँ पर इंसान का संपूर्ण विकास आवश्यक है। सिर्फ आर्थिक ही नहीं बल्कि शारीरिक, मानसिक, भावनात्मक, बौद्धिक एवं आध्यात्मिक विकास भी अपेक्षित है। आज-कल के जीवन में देखा जाए तो इंसान अपना संपूर्ण विकास कर ही नहीं पाता। वह किसी एक क्षेत्र में विकास करता है तो दूसरा क्षेत्र दुर्लक्षित होता है या कमज़ोर पड़ जाता है। जैसे आर्थिक, शारीरिक क्षेत्र में विकास हो गया तो आध्यात्मिक क्षेत्र का विकास अपूर्ण रह जाता है मगर अब वक्त आया है कि उसे भी पूर्ण करना है।

अर्थात 'संपूर्ण विकास' ही इंसान का मूल लक्ष्य है। जिस इंसान का संपूर्ण विकास हुआ है, उसी से उच्चतम विकसित समाज की संकल्पना पूर्ण होगी। वह स्वयं तो आनंद प्राप्त करेगा ही, औरों में भी आनंद बाँटेगा। ऐसे आनंदित उच्चतम विकसित समाज द्वारा युद्ध नहीं होगा। इसमें दरिद्रता, दुःख, तनाव, चिंता कभी नहीं होगी। इस परिवार से निकलनेवाले बच्चे भी भय एवं चिंतामुक्त रहेंगे, आनंदित होकर संपूर्ण विकास करेंगे।

आज बड़ी-बड़ी इमारतें, ए.सी. रूम, कंप्यूटर आदि सुविधाएँ इंसान को मिली हैं। विज्ञान को लगता है कि ये आविष्कार होना ही विकास है। विज्ञान की विकास की परिभाषा बिलकुल अलग है। विज्ञान कहेगा, 'ऐसे-ऐसे विकास करते जाएँगे, जिससे सभी सुख-सुविधाएँ मिलेंगी तो इंसान खुश होगा।' जबकि आध्यात्मिक नियम कहता है, 'तुम खुश हो, सिर्फ खुश नहीं, खुशी हो। तुम पूर्ण

हो, तुम्हारे अंदर ही जीवन है, उसे बाहर की सुख-सुविधाओं में कहाँ ढूंढ़ रहे हो? वह आनंद तुम्हारे अंदर ही है और वह अपने आपमें पूर्ण है।'

जब उच्चतम विकसित समाज बनेगा तो आगे आनेवाली पीढ़ियाँ भी आरोग्यपूर्ण एवं आनंददायी होंगी, उनके द्वारा भी आगे उच्चतम विकसित समाज बनेगा। धीरे-धीरे पूरे विश्व में, पूरे ब्रह्मांड में आनंद की लहरें उठेंगी, करुणा की धारा बहेगी, प्रेम के फूल खिलेंगे, मान्यताओं की धूल छँटेगी और हर शरीर मंदिर बनेगा। उस मंदिर से जो मधुर धुन बजेगी, वह पूरे विश्व में गूँजेंगी, पूरे ब्रह्मांड को तरंगित करेंगी। चारों ओर ईश्वर की उच्चतम अभिव्यक्ति होगी। इसी उच्चतम लक्ष्य को पूर्ण करने के लिए 'विचार नियम' का ज्ञान आत्मसात करें और इस महान कार्य की शुरुआत अपने परिवार से करें... आज से, यहीं से, अभी!

● ● ●

मनन प्रश्न :

▶ क्या मुझे पूरा विश्व अपने परिवार समान लगता है?

कार्ययोजना :

▶ आपका परिवार 'उच्चतम विकसित समाज' का हिस्सा बने इस उद्‌देश्य से आज से ही परिवार के हर सदस्य की आध्यात्मिक उन्नति पर ध्यान दें। इसलिए परिवार में प्रार्थना, सत्यश्रवण, ध्यान और मनन करें।

परिशिष्ट विशेष

प्रेम दर्शन

असली प्रेम का स्वाद हर रिश्ते के संग

इस अध्याय में हम सच्चे प्रेम का दर्शन करना सीखेंगे ताकि हमें पता चले कि किन-किन रिश्तों में हमारा प्रेम बंधन से मुक्त होकर सच्चा प्रेम बन पाया है।

'प्रेम दर्शन' यह ऐसा ध्यान है, जिसमें आप अपने रिश्तों का ध्यान करेंगे। अपने सभी रिश्तेदारों और अब तक आपके उनके साथ हुए व्यवहार का स्मरण करेंगे। प्रेम का दर्शन रिश्तों के बीच ही होता है। जब आप ईमानदारी से स्वयं को अलग-अलग रिश्तों में देखेंगे तब प्रेम का स्वदर्शन होगा। सामनेवाला जैसे कि आपके लिए आइना बन जाता है। 'ए' से लेकर 'जेड' तक सभी रिश्तों में देखें कि कहाँ प्रेम है? कहाँ सच्चा प्रेम है और कहाँ प्लास्टिक (नकली) प्रेम है।

कोई रिश्तेदार छूट न जाए इसलिए 'ए' से आरंभ कर जेड तक जाएँ। हर रिश्तेदार को याद करते हुए स्वयं से पूछें- 'मुझे इस रिश्तेदार में कौन से प्रेम का दर्शन होता है- प्लास्टिक (झूठे) प्रेम का, प्रेम का या सच्चे प्रेम का?' जिस भी तरह का दर्शन होता हो, उस बॉक्स पर टिक करें और आगे बढ़ें।

	प्लास्टिक प्रेम	प्रेम	सच्चा प्रेम
A 'ए' से आंटी	☐	☐	☐
B 'बी' से भाई-बहन	☐	☐	☐
C 'सी' पर कज़िन, चचेरे भाई-बहन	☐	☐	☐
D 'डी' पर डैडी	☐	☐	☐
E 'इ' पर एलडर्स यानी बड़े-बुजुर्ग	☐	☐	☐

F 'एफ' पर फ्रेंड्स	☐	☐	☐
G 'जी' पर ग्रैंड फादर-मदर और गुरु	☐	☐	☐
H 'एच' पर हज़बंड यानी पति	☐	☐	☐
I 'आय' पर इंटेन्स रिलेशन्स यानी गहरे रिश्ते या आप	☐	☐	☐
J 'जे' पर जीजाजी	☐	☐	☐
K 'के' पर कलीग यानी सहकर्मचारी	☐	☐	☐
L 'एल' पर लीडर्स, घर या देश का लीडर	☐	☐	☐
M 'एम' पर मम्मी	☐	☐	☐
N 'एन' पर नौकर	☐	☐	☐
O 'ओ' पर अदरसाइड लोग अर्थात मृत्यु उपरांत जीवन में गए हुए लोग	☐	☐	☐
P 'पी' पर पड़ोसी	☐	☐	☐
Q 'क्यू' पर कुदरत	☐	☐	☐
R 'आर' पर रीयल रिश्तेदार	☐	☐	☐
S 'एस' पर संतान	☐	☐	☐
T 'टी' पर टीचर	☐	☐	☐
U 'यू' से अंकल	☐	☐	☐
V 'वी' वाहन चालक (ड्राईवर)	☐	☐	☐
W 'डब्ल्यू' पर वाईफ	☐	☐	☐

परिवार के लिए विचार नियम

X 'एक्स', Y 'वाय', और 'Z' पर डॉक्टर, बॉस, दुकानदार इत्यादि

हर अक्षर पर आपको कोई न कोई रिश्तेदार अवश्य मिल जाएगा।

१. अब आँखें बंद रखकर क्रम के अनुसार हरेक को अपनी आँखों के सामने लाएँ और इस बात का स्मरण करें कि अब तक आपने उनसे कैसा व्यवहार किया है? कौन सी स्थिति में आपने कैसे शब्द बोले हैं? उनके बारे में क्या विचार किए हैं? आपके मन में उनके लिए जो प्रेम है, उसमें सच्चा प्रेम कितना है? आभासी प्रेम अर्थात नकली प्रेम कितना है? कब्ज़ा जमाने की कोशिश कितनी बार की गई? सब कुछ स्पष्ट रूप से देखने की कोशिश करें।

२. यदि आज आप यह दर्शन कर पाएँ तो मान लें कि आपने जीवन दर्शन कर लिया। प्रेम के विषय में आप कितनी सतह पर हैं, यह समझ लें। गहराई में उतरने की कोशिश करें। देखें कि कहीं प्रेम के पीछे कोई डर तो नहीं है? प्रेम खोने का डर, रिश्ते खोने का डर, रिश्ते पर से अधिकार खोने का डर। ऐसा लगता है मानो, मन में खो-खो का मैच चलता रहता है। इस मैच में जीतना हो तो पहले डर को खो दें। अपने रिश्तों को आत्मिकता से जोड़ें, विश्वास को जगाएँ। जब विश्वास होगा तब डर अपने आप खो जाएगा। अगर आप अपने अहं को अर्थात अपने शारीरिक 'मैं' को खो देंगे तो अन्य कुछ खोने का डर नहीं रहेगा।

३. 'ए' अल्फाबेट से ध्यान की शुरुआत करें। सभी रिश्तों को अपनी बंद आँखों के सामने लाकर ईमानदारी से स्वयं से पूछें, 'क्या इनके साथ मेरा रिश्ता सौ प्रतिशत शुद्ध प्रेम का है या फिफ्टी-फिफ्टी है? अहंकार की चाहत पूरी होती है इसलिए इनसे प्रेम है या रिश्ते का एक लेबल है इसलिए प्रेम है? यह लेबल न होता तो मैं इनके साथ किस तरह पेश आता/आती? इनसे किस तरह मिलता/मिलती?' पूरी ईमानदारी से खुद को बताएँ। यह ध्यान अपने लिए है, अपने प्रेम को उजागर करने के लिए है।

४. 'बी' पर हैं भाई-बहन या भाभी। आत्ममंथन कर खुद से पूछें, 'क्या इनके प्रति मेरा प्रेम सच्चा है या उनसे कुछ सुविधाएँ, सहयोग मिलता है इसलिए है?' अपने प्रेम का दर्शन करें। सामनेवाला प्रेम करता है या नहीं, सवाल यह नहीं है। आपका प्रेम कैसा है? केवल लेबल की वजह से, रिश्ते की वजह से है या सचमुच है? प्रेम यदि सच्चा नहीं है तो कोई ग्लानि न रखें, खुद को क्षमा

करें। क्योंकि क्षमा✻ करेंगे तो सच्चा प्रेम प्रकट होने लगेगा। कोई अपराधबोध न रखते हुए सिर्फ सच्चाई को जानें। स्वयं के साथ ही यदि शुद्ध प्रेम का रिश्ता नहीं है तो बाहर के रिश्ते भी शुद्ध नहीं रहते। यदि किसी रिश्ते में आपको शुद्ध प्रेम दिखाई न दे तो खुद को माफ करें। ईश्वर से कहें, 'मुझे, मुझे माफ करने में मदद करो। मुझे, मुझे प्रेम करने में मदद करो।' ध्यान रखें, प्रेम से भरा हुआ इंसान ही सच्चा प्रेम कर सकता है।

५. 'सी' पर चाईल्ड ऑफ चाचा यानी कज़िन। पहले उन किरदारों को आँखों के सामने लाएँ, जो आपको ज़्यादा पसंद नहीं हैं। चचेरे, ममेरे, मौसेरे सारे भाई-बहनों में आपकी उपस्थिति कैसी है? उन्हें देखकर आपके अंदर कौन से नकारात्मक विचार आते हैं? प्रेम कैसा होना चाहिए, कुछ रिश्ते आपको दर्शन करवाएँगे। अगर सच्चा प्रेम न दिखे तो स्वयं को माफ करें और मन ही मन सामनेवाले से भी माफी माँग लें, 'कृपया मुझे क्षमा करें। मैं प्रेम के पक्ष में हूँ। चाहे अब तक मैंने अपने अंदर नफरत ही जगाई मगर मैं प्रेम के पक्ष में हूँ।'

६. 'डी'✻ पर है डैडी। डैडी के साथ-साथ खुद को भी उनके सामने देखें। देखें कि आज तक जब-जब आप पिताजी के सामने उपस्थित थे, किस भावना से उपस्थित थे? तेजप्रेम, सच्चा प्रेम या डर था? गलत-सही का लेबल न लगाते हुए दर्शन करें। उनके प्रति डर था तो डर के लिए क्षमा माँगें, 'मैं आपसे बहुत प्रेम करता हूँ, मुझे क्षमा करें। मेरे अज्ञान के लिए ईश्वर मुझे क्षमा करे।' पूरे दिल से सच्चाई का दर्शन करें।

साथ ही ईश्वर से भी क्षमा माँगें, 'हे ईश्वर आप मुझे, मुझे माफ करने में मदद करो, इस बंधन को मिटा दें। हे! प्रेम, आनंद, मौन के संचालक, सबके निर्माता मैं आपसे क्षमा चाहता/चाहती हूँ। मेरा रूपांतरण कर दो। धन्यवाद, धन्यवाद, धन्यवाद!'

ईश्वर को धन्यवाद देने का अर्थ है, आप ईश्वर से जिस चीज़ की माँग कर

✻क्षमा कैसे माँगें और करें, इस विषय पर विस्तार से जानने के लिए पढ़ें, प्रस्तुत पुस्तक का अध्याय क्रमांक 10, 'आनंदित परिवार की कुंजी' पृष्ठ 79

✻ यहाँ पर विषय को समझने हेतु हमने 'डी' तक प्रेम दर्शन ध्यान किया है। आप इसी प्रकार 'जेड' तक यह ध्यान कर सकते हैं।

रहे थे, वह आपको मिल चुका है। भावों को रोकने की आवश्यकता नहीं है। जो भी भाव उभरते हैं, उनका दर्शन करके उन्हें विलीन होने दें।

७. अब खुद से कहें, 'मैं मुक्त हूँ, मैं आज़ाद हूँ।' कुछ देर मुक्ति का, आज़ादी का आनंद लेते रहें।

८. अब धीरे-धीरे अपनी आँखें खोलें।

इस अध्याय से प्रेरणा पाकर कम से कम किसी एक रिश्ते में डूब जाएँ। फिर उस असली प्रेम का स्वाद आप हर रिश्ते में पाना चाहेंगे और मन को प्रेम में डूबने की आदत पड़ जाएगी। किसी एक रिश्ते में शुद्धता लाएँ, फिर सभी रिश्ते अपने आप शुद्ध होते जाएँगे। यह एक प्रकार का व्यायाम ही है।

जिस प्रकार शरीर को स्वस्थ रखने के लिए हम व्यायाम करते हैं, उसी प्रकार रिश्तों को स्वस्थ रखने के लिए यह मन का व्यायाम है। जब-जब मन मूल भाव छोड़कर विकारों की ओर खिंचता दिखाई दे तब तत्काल उसे 'प्रेम ध्यान' की शक्ति से मूल भाव में वापस लाएँ।

यह पुस्तक पढ़ने के बाद अपना अभिप्राय (विचार सेवा) इस पते पर भेज सकते हैं : Tejgyan Global Foundation, Pimpri Colony Post office, P.O. Box 25, Pune - 411 017. Maharashtra (India).

सरश्री अल्प परिचय

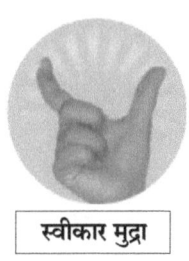

स्वीकार मुद्रा

सरश्री की आध्यात्मिक खोज का सफर उनके बचपन से प्रारंभ हो गया था। इस खोज के दौरान उन्होंने अनेक प्रकार की पुस्तकों का अध्ययन किया। अपने आध्यात्मिक अनुसंधान के दौरान उन्होंने लगभग सभी ध्यान पद्धतियों का भी अभ्यास किया। उनकी इसी खोज ने उन्हें कई वैचारिक और शैक्षणिक संस्थानों की ओर बढ़ाया। जीवन का रहस्य समझने के लिए उन्होंने **एक लंबी अवधि तक मनन करते हुए अपनी खोज जारी रखी, जिसके अंत में उन्हें आत्मबोध प्राप्त हुआ।** आत्मसाक्षात्कार के बाद उन्होंने जाना कि **अध्यात्म का हर मार्ग जिस कड़ी से जुड़ा है वह है- समझ (अंडरस्टैण्डिंग)।** उसके बाद उन्होंने अपने तत्कालीन अध्यापन कार्य को विराम लगाते हुए, लगभग दो दशकों से भी अधिक समय अपना समस्त जीवन मानवजाति के कल्याण और उसके आध्यात्मिक विकास हेतु अर्पण किया है।

सरश्री कहते हैं, 'सत्य के सभी मार्गों की शुरुआत अलग-अलग प्रकार से होती है लेकिन सभी के अंत में एक ही समझ प्राप्त होती है। **'समझ' ही सब कुछ है और यह 'समझ' अपने आपमें पूर्ण है।** आध्यात्मिक ज्ञान प्राप्ति के लिए इस 'समझ' का श्रवण ही पर्याप्त है।' इसी समझ को उजागर करने के लिए उन्होंने आज तक **तीन हज़ार से अधिक आध्यात्मिक विषयों पर प्रवचन दिए हैं,** जिनके द्वारा वे अध्यात्म की गहरी संकल्पनाएँ सीधे और व्यावहारिक रूप में समझाते हैं। समाज के हर स्तर का इंसान सरश्री द्वारा बताई जा रही समझ का लाभ ले सकता है।

यह समझ हरेक को अपने अनुभव से प्राप्त हो इसलिए सरश्री ने **'महाआसमानी परम ज्ञान शिविर'** और उसके लिए आवश्यक कार्यप्रणाली (सिस्टम) की रचना

की है, **जिसका लाभ लाखों खोजी ले रहे हैं।** यह व्यवस्था आय.एस.ओ. (ISO 9001:2015) प्रमाणित है, जिसने अनेक लोगों को सत्य की राह पर चलने की प्रेरणा दी है। इसी समझ के प्रचार और प्रसार के लिए उन्होंने 'तेजज्ञान फाउण्डेशन' नामक आध्यात्मिक संस्था की नींव रखी है। इस संस्था का मुख्य उद्देश्य है- **'हॅपी थॉट्स द्वारा उच्चतम विकसित समाज का निर्माण'**।

विश्व का हर इंसान आज सरश्री के मार्गदर्शन का लाभ ले सकता है, जिसके लिए किसी भी धर्म, जाति, उपजाति, वर्ण, पंथ, रंग या लिंग का बंधन नहीं है। विश्व के हर कोने में बसे लोग आज तेजज्ञान की इस अनूठी ज्ञान प्रणाली (System for Wisdom) का लाभ ले रहे हैं। इस व्यवस्था के एक हिस्से के रूप में **लाखों लोग रोज़ सुबह और रात को ९ बजकर ९ मिनट पर विश्व शांति के लिए प्रार्थना करते हैं।**

सरश्री को **बेस्टसेलर पुस्तक 'विचार नियम' श्रृंखला के रचनाकार** के रूप में भी जाना जाता है, जिसकी **१ करोड़ से ज़्यादा प्रतियाँ केवल ५ सालों** में वितरित हो चुकी हैं। इसके अलावा उन्होंने विविध विषयों पर **१०० से अधिक पुस्तकों का लेखन** किया है, जिनमें से 'विचार नियम', 'स्वसंवाद का जादू', 'स्वयं का सामना', 'स्वीकार का जादू', 'निःशब्द संवाद का जादू', 'संपूर्ण ध्यान' आदि पुस्तकें बेस्टसेलर बन चुकी हैं। ये पुस्तकें दस से अधिक भाषाओं में अनुवादित की जा चुकी हैं और प्रमुख प्रकाशकों द्वारा प्रकाशित की गई हैं, जैसे पेंगुइन बुक्स, जैको बुक्स, मंजुल पब्लिशिंग हाऊस, प्रभात प्रकाशन, राजपाल ऍण्ड सन्स, पेंटागॉन प्रेस, सकाळ प्रकाशन इत्यादि।

तेजज्ञान फाउण्डेशन- परिचय

तेजज्ञान फाउण्डेशन आत्मविकास से आत्मसाक्षात्कार प्राप्त करने का एक रास्ता है। इसके लिए सरश्री द्वारा एक अनूठी बोध पद्धति (System for Wisdom) का सृजन हुआ है। इस पद्धति को अन्तर्राष्ट्रीय मानक ISO 9001:2015 के आवश्यकताओं एवं निर्देशों के अनुरूप ढालकर सरल, व्यावहारिक एवं प्रभावी बनाया गया है।

इस संस्था की बोध पद्धति के विभिन्न पहलुओं (शिक्षण, निरीक्षण व गुणवत्ता) को स्वतंत्र गुणवत्ता परीक्षकों (Quality Auditors) द्वारा क्रमबद्ध तरीके से जाँचा गया। जिसके बाद इन पहलुओं को ISO 9001:2015 के अनुरूप पाकर, इस बोध पद्धति को प्रमाणित किया गया है।

फाउण्डेशन का लक्ष्य आपको नकारात्मक विचार से सकारात्मक विचार की ओर बढ़ाना है। सकारात्मक विचार से शुभ विचार यानी हॅपी थॉट्स (विधायक आनंदपूर्ण विचार) और शुभ विचार से निर्विचार की ओर बढ़ा जा सकता है। निर्विचार से ही आत्मसाक्षात्कार संभव है। शुभ विचार (Happy Thoughts) यानी यह विचार कि 'मैं हर विचार से मुक्त हो जाऊँ'। शुभ इच्छा यानी यह इच्छा कि 'मैं हर इच्छा से मुक्त हो जाऊँ'।

ज्ञान का अर्थ है सामान्य ज्ञान लेकिन तेजज्ञान यानी वह ज्ञान जो ज्ञान व अज्ञान के परे है। कई लोग सामान्य ज्ञान की जानकारी को ही ज्ञान समझ लेते हैं लेकिन असली ज्ञान और जानकारी में बहुत अंतर है। आज लोग सामान्य ज्ञान के जवाबों को ज़्यादा महत्त्व देते हैं। उदाहरण के तौर पर कर्म और भाग्य, योग और प्राणायाम, स्वर्ग और नर्क इत्यादि। आज के युग में सामान्य ज्ञान प्रदान करनेवाले लोग और शिक्षक कई मिल जाएँगे मगर इस ज्ञान को पाकर जीवन में कोई बड़ा परिवर्तन नहीं होता। यह ज्ञान या तो केवल बुद्धि विलास है या फिर अध्यात्म के नाम पर बुद्धि का व्यायाम है।

सभी समस्याओं का समाधान है- तेजज्ञान। भय से मुक्ति, चिंतारहित व क्रोध से आज़ाद जीवन है- तेजज्ञान। शारीरिक, मानसिक, सामाजिक, आर्थिक और आध्यात्मिक उन्नति के लिए है- तेजज्ञान। तेजज्ञान आपके अंदर है, आएँ और इसे पाएँ।

यदि आप ऐसा ज्ञान चाहते हैं, जो सामान्य ज्ञान के परे हो, जो हर समस्या का समाधान हो, जो सभी मान्यताओं से आपको मुक्त करे, जो आपको ईश्वर का साक्षात्कार कराए, जो आपको सत्य पर स्थापित करे तो समय आ गया है तेजज्ञान को जानने और शब्दोंवाले सामान्य ज्ञान से उठकर तेजज्ञान का अनुभव करने का।

अब तक अध्यात्म के अनेक मार्ग बताए गए हैं। जैसे जप, तप, मंत्र, तंत्र, कर्म, भाग्य, ध्यान, ज्ञान, योग और भक्ति आदि। इन मार्गों के अंत में जो समझ, जो बोध प्राप्त होता है, वह एक ही है। सत्य के हर खोजी को अंत में एक ही समझ मिलती है और इस समझ को सुनकर भी प्राप्त किया जा सकता है। उसी समझ को सुनना यानी तेजज्ञान प्राप्त करना है। तेजज्ञान के श्रवण से सत्य का साक्षात्कार होता है, ईश्वर का अनुभव होता है। यही तेजज्ञान सरश्री महाआसमानी परम ज्ञान शिविर में प्रदान करते हैं।

महाआसमानी परम ज्ञान
शिविर परिचय और लाभ (निवासी)

क्या आपको उच्चतम आनंद पाने की इच्छा है? ऐसा आनंद, जो किसी कारण पर निर्भर नहीं है, जिसमें समय के साथ केवल बढ़ोतरी ही होती है। क्या आप इसी जीवन में प्रेम, विश्वास, शांति, समृद्धि और परमसंतुष्टि पाना चाहते हैं? क्या आप शारीरिक, मानसिक, सामाजिक, आर्थिक और आध्यात्मिक इन सभी स्तरों पर सफलता हासिल करना चाहते हैं? क्या आप 'मैं कौन हूँ' इस सवाल का जवाब अनुभव से जानना चाहते हैं।

यदि आपके अंदर इन सवालों के जवाब जानने की और 'अंतिम सत्य' प्राप्त करने की प्यास जगी है तो तेजज्ञान फाउण्डेशन द्वारा आयोजित 'महाआसमानी परम ज्ञान शिविर' में आपका स्वागत है। यह शिविर पूर्णतः सरश्री की शिक्षाओं पर आधारित है। सरश्री आज के युग के आध्यात्मिक गुरु और 'तेजज्ञान फाउण्डेशन' के संस्थापक हैं, जो अत्यंत सरलता से आज की लोकभाषा में आध्यात्मिक समझ प्रदान करते हैं।

महाआसमानी परम ज्ञान शिविर का उद्देश्य :

इस शिविर का उद्देश्य है, 'विश्व का हर इंसान 'मैं कौन हूँ' इस सवाल का जवाब जानकर सर्वोच्च आनंद में स्थापित हो जाए।' उसे ऐसा ज्ञान मिले, जिससे

वह हर पल वर्तमान में जीने की कला प्राप्त करे। भूतकाल का बोझ और भविष्य की चिंता इन दोनों से वह मुक्त हो जाए। हर इंसान के जीवन में स्थायी खुशी, सही समझ और समस्याओं को विलीन करने की कला आ जाए। मनुष्य जीवन का उद्‌देश्य पूर्ण हो।

'मैं कौन हूँ? मैं यहाँ क्यों हूँ? मोक्ष का अर्थ क्या है? क्या इसी जन्म में मोक्ष प्राप्ति संभव है?' यदि ये सवाल आपके अंदर हैं तो महाआसमानी परम ज्ञान शिविर इसका जवाब है।

महाआसमानी परम ज्ञान शिविर के मुख्य लाभ :

इस शिविर के लाभ तो अनगिनत हैं मगर कुछ मुख्य लाभ इस प्रकार हैं-

* जीवन में दमदार लक्ष्य प्राप्त होता है।
* 'मैं कौन हूँ' यह अनुभव से जानना (सेल्फ रियलाइजेशन) होता है।
* मन के सभी विकार विलीन होते हैं।
* भय, चिंता, क्रोध, बोरडम, मोह, तनाव जैसी कई नकारात्मक बातों से मुक्ति मिलती है।
* प्रेम, आनंद, मौन, समृद्धि, संतुष्टि, विश्वास जैसे कई दिव्य गुणों से युक्ति होती है।
* सीधा, सरल और शक्तिशाली जीवन प्राप्त होता है।
* हर समस्या का समाधान प्राप्त करने की कला मिलती है।
* 'हर पल वर्तमान में जीना' यह आपका स्वभाव बन जाता है।
* आपके अंदर छिपी सभी संभावनाएँ खुल जाती हैं।
* इसी जीवन में मोक्ष (मुक्ति) प्राप्त होता है।

महाआसमानी परम ज्ञान शिविर में भाग कैसे लें?

इस शिविर में भाग लेने के लिए आपको कुछ खास माँगें पूरी करनी होती हैं। जैसे-

१) आपकी उम्र कम से कम अठारह साल या उससे ऊपर होनी चाहिए।

२) आपको सत्य स्थापना शिविर (फाउण्डेशन ट्रुथ रिट्रीट) में भाग लेना होगा, जहाँ आप सीखेंगे- वर्तमान के हर पल को कैसे जीया जाए और निर्विचार दशा में कैसे प्रवेश पाएँ।

३) आपको कुछ प्राथमिक प्रवचनों में उपस्थित होना है, जहाँ आप बुनियादी समझ आत्मसात कर, महाआसमानी परम ज्ञान शिविर के लिए तैयार होते हैं।

यह शिविर एक या दो महीने के अंतराल में आयोजित किया जाता है, जिसका लाभ हज़ारों खोजी उठाते हैं। इस शिविर की तैयारी आप दो तरीके से कर सकते हैं। पहला तरीका- मनन आश्रम (पूना) में पाँच दिवसीय निवासी शिविर में भाग लेकर, दूसरा तरीका- तेजज्ञान फाउण्डेशन के नजदीकी सेंटर पर सत्य श्रवण द्वारा। जैसे- पुणे, मुंबई, दिल्ली, सांगली, सातारा, जलगाँव, अहमदाबाद, कोल्हापुर, नासिक, अहमदनगर, औरंगाबाद, सूरत, बरोडा, नागपुर, भोपाल, रायपुर, चेन्नई, वर्धा, अमरावती, चंद्रपुर, यवतमाल, रत्नागिरी, लातूर, बीड, नांदेड, परभणी, पनवेल, ठाणे, सोलापुर, पंढरपुर, अकोला, बुलढाणा, धुले, भुसावल, बैंगलोर, बेलगाम, धारवाड, भुवनेश्वर, कोलकत्ता, राँची, लखनऊ, कानपुर, चंदीगढ़, जयपुर, पणजी, म्हापसा, इंदौर, इटारसी, हरदा, विदिशा, बुरहानपुर।

इनके अतिरिक्त आप महाआसमानी की तैयारी फाउण्डेशन में उपलब्ध सरश्री द्वारा रचित पुस्तकें, या यू ट्यूब के संदेश सुनकर भी कर सकते हैं। मगर याद रहे ये पुस्तकें, यू ट्यूब के प्रवचन शिविर का परिचय मात्र है, तेजज्ञान नहीं। आप महाआसमानी परम ज्ञान शिविर में भाग लेकर ही तेजज्ञान का आनंद ले सकते हैं। आगामी महाआसमानी परम ज्ञान शिविर में अपना स्थान आरक्षित करने के लिए संपर्क करें : 09921008060/75, 9011013208

महाआसमानी परम ज्ञान शिविर स्थान :

यह शिविर पुणे में स्थित मनन आश्रम पर आयोजित किया जाता है। इस शिविर के लिए भोजन और रहने की व्यवस्था की जाती है। यदि आपको कोई शारीरिक बीमारी है और आप नियमित रूप से दवाई ले रहे हैं तो कृपया अपनी दवाइयाँ साथ में लेकर आएँ। वातावरण अनुसार गरम कपड़े, स्वेटर, ब्लैंकेट आदि भी लाएँ।

'मनन आश्रम' पुणे शहर के बाहरी क्षेत्र में पहाड़ों और निसर्ग के असीम सौंदर्य के बीच बसा हुआ है। इस आश्रम में पुरुषों और महिलाओं के लिए अलग-अलग, कुल मिलाकर 700 से 800 लोगों के रहने की व्यवस्था है। यह आश्रम पुणे शहर से 17 किलो मीटर की दूरी पर है। हवाई अड्डा, हाइवे और रेल्वे से पुणे आसानी से आ-जा सकते हैं।

मनन आश्रम : मनन आश्रम, पुणे, सर्वे नं. ४३, सनस नगर, नांदोशी गाँव, किरकट वाडी फाटा, तहसील - हवेली, जिला : पुणे - ४११०२४.
फोन : 09921008060

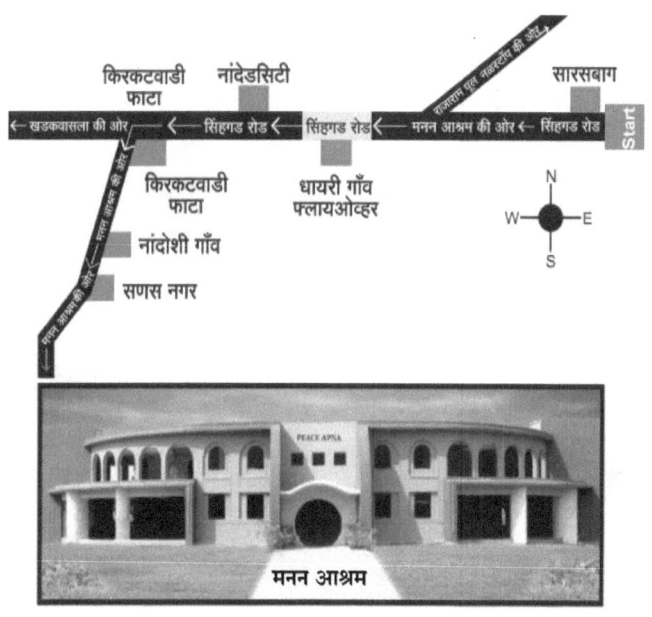

मनन आश्रम की ओर
N
W
E

मनन आश्रम

अब एक क्लिक पर ही शिविर का रजिस्ट्रेशन !

तेजज्ञान फाउण्डेशन की इन शिविरों के लिए
अब आप ऑनलाईन रजिस्ट्रेशन भी कर सकते हैं-

* महाआसमानी परम ज्ञान शिविर परिचय और लाभ (पाँच दिवसीय निवासी शिविर)
* मैजिक ऑफ अवेकनिंग (केवल अंग्रेजी भाषा जाननेवालों के लिए तीन दिवसीय निवासी शिविर)
* मिनी महाआसमानी (निवासी) शिविर, युवाओं के लिए

रजिस्ट्रेशन के लिए आज ही लॉग इन करें

www.tejgyan.org

आनंदित परिवार के लिए सरश्री द्वारा रचित श्रेष्ठ पुस्तकें

विचार नियम
आपकी कामयाबी का रहस्य

विश्वास नियम
सर्वोच्च शक्ति के सात नियम

क्षमा का जादू

वार्तालाप का जादू
कम्युनिकेशन के बेहतरीन तरीके

स्वसंवाद का जादू
अपना रिमोट कंट्रोल कैसे प्राप्त करें

स्वास्थ्य के लिए विचार नियम
मनःशक्ति द्वारा तंदुरुस्ती कैसे पाएँ

आज की नारी और आप
आत्मनिर्भर कैसे बनें

इमोशन्स पर जीत
दुःखद भावनाओं से मुलाकात कैसे करें

– तेजज्ञान इंटरनेट रेडियो –

२४ घंटे और ३६५ दिन सरश्री के प्रवचन और भजनों का लाभ लें, तेजज्ञान इंटरनेट रेडियो द्वारा।
देखें लिंक - http://www.tejgyan.org/internetradio.aspx

हर रविवार सुबह १०.०५ से १०.१५ तक रेडियो विविध भारती, एफ. एम. पुणे पर
'हॅपी थॉट्स कार्यक्रम'
नोट – उपरोक्त कार्यक्रमों के समय बदल सकते हैं इसलिए समय की पुष्टि करें।

---

www.youtube.com/tejgyan पर भी सरश्री के प्रवचनों का लाभ ले सकते हैं।
For online shoping visit us - www.tejgyan.org, www.gethappythoughts.org

---

e-books — • The Source • Celebrating Relationships • The Miracle Mind • Everything is a Game of Beliefs • Who am I now • Beyond Life • The Power of Present • Freedom from Fear Worry Anger • Light of grace • The Source of Health and many more. Also available in Hindi at www.gethappythoughts.org

e-mail — mail@tejgyan.com

website — www.tejgyan.org, www.gethappythoughts.org

Free apps — U R Meditation & Tejgyan Internet Radio on all platforms like Android, iPhone, iPad and Amazon

e-magazines — 'Yogya Aarogya' & 'Drushtilakshya' emagazines available on www.magzter.com

---

पुस्तकें प्राप्त करने के लिए नीचे दिए गए पते पर मनीऑर्डर द्वारा पुस्तक का मूल्य भेज सकते हैं। पुस्तकें रजिस्टर्ड, कुरियर अथवा वी.पी.पी. द्वारा भेजी जाती हैं।
पुस्तकों के लिए नीचे दिए गए पते पर संपर्क करें।

✸ WOW Publishings Pvt. Ltd. रजिस्टर्ड ऑफिस-E-4, वैभव नगर, तपोवन मंदिर के नज़दीक, पिंपरी, पुणे- 411017

✸ पोस्ट बॉक्स नं. 36, पिंपरी कॉलोनी पोस्ट ऑफिस, पिंपरी, पुणे - 411017
फोन नं.: 09011013210 / 9146285129
आप ऑन-लाइन शॉपिंग द्वारा भी पुस्तकों का ऑर्डर दे सकते हैं।
लॉग इन करें - www.gethappythoughts.org
500 रुपयों से अधिक पुस्तकें मँगवाने पर 10% की छूट और फ्री शिपिंग।

तेजज्ञान फाउण्डेशन – मुख्य शाखाएँ

पुणे (रजिस्टर्ड ऑफिस)

विक्रांत कॉम्प्लेक्स, तपोवन मंदिर के नज़दीक,
पिंपरी, पुणे-४११ ०१७. फोन : 020-27411240, 27412576

मनन आश्रम

सर्वे नं. ४३, सनस नगर, नांदोशी गाँव, किरकटवाडी फाटा,
तहसील- हवेली, जिला- पुणे - ४११ ०२४.
फोन : 09921008060

- विश्व शांति प्रार्थना -

'पृथ्वी पर सफेद रोशनी (दिव्य शक्ति) आ रही है।
पृथ्वी से सुनहरी रोशनी (चेतना) उभर रही है।
विश्व से सारी नकारात्मकता दूर हो रही है।
सभी प्रेम, आनंद और शांति के लिए
खुल रहे हैं, खिल रहे हैं।'

यह 'सामूहिक अव्यक्तिगत प्रार्थना' तेजज्ञान फाउण्डेशन के सदस्य पिछले कई सालों से निरंतरता से कर रहे हैं। खुश लोग यह प्रार्थना कर सकते हैं और बीमार, दुःखी लोग उस वक्त एक जगह बैठकर इस प्रार्थना को ग्रहण कर स्वास्थ्य लाभ पा सकते हैं।

यदि इस वक्त आप परेशान या बीमार हैं तो रोज़ सुबह या रात 9:09 को केवल ग्रहणशील होकर इस भाव से बैठें कि 'स्वास्थ्य और शांति की सफेद रोशनी जो इस वक्त प्रार्थना में बैठे कई लोगों द्वारा नीचे पृथ्वी पर उतर रही है, वह मुझमें भी अपना कार्य कर रही है। मैं स्वस्थ और शांत हो रहा हूँ।' कुछ देर इस भाव में रहकर आप सबको धन्यवाद देकर उठें।

www.ingramcontent.com/pod-product-compliance
Lightning Source LLC
LaVergne TN
LVHW040154080526
838202LV00042B/3154